鏡中

張棗詩選

張棗 著

朝向漢語的邊陲

楊小濱

　　中國當代詩的發展可以看作是朝向漢語每一處邊界的勇猛推進，而它的起源也可以追溯出頗為複雜的線索。1960年代中後期張鶴慈（北京，1943-）和陳建華（上海，1948-）等人的詩作已經在相當程度上改變了主流詩歌的修辭樣式。如果說張鶴慈還帶有浪漫主義的餘韻，陳建華的詩受到波德萊爾的啟發，可以說是當代詩中最早出現的現代主義作品，但這些作品的閱讀範圍當時只在極小的朋友圈子內，直到1990年代才廣為流傳。1970年代初的北京，出現了更具衝擊力的當代詩寫作：根子（1951-）以極端的現代主義姿態面對一個幻滅而絕望的世界，而多多（1951-）詩中對時代的觀察和體驗也遠遠超越了同時代詩人的視野，成為中國當代詩史上的靈魂人物。

　　對我來說，當代詩的概念，大致可以理解為對以北島（1949-）和舒婷（1952-）等人為代表的朦朧詩的銜接，其轉化與蛻變的意味值得關注。朦朧詩的出現，從某種意義上可以看作官方以招安的形式收編民間詩人的一次努力。根子、多多和芒克（1951-）的寫作自始未被認可為朦朧詩的經典，既然連出現在《詩刊》的可能都沒有，也就甚至未曾享受遭到批判的待遇，直到1980年代中後期才漸漸浮出地表。我們應該可以說，多多等人的文化詩學意義，是屬於後朦朧時代的。才華出

眾的朦朧詩人顧城在1989年六四事件後寫出了偏離朦朧詩美學的《鬼進城》等傑作,不久卻以殺妻自盡的方式寫下了慘痛的人生詩篇。除了揮霍詩才的芒克之外,嚴力(1954-)自始至終就顯示出與朦朧詩主潮相異的機智旨趣和宇宙視野;而同為朦朧詩人的楊煉(1955-),在1980年代中期即創作了《諾日朗》這樣的經典作品,以各種組詩、長詩重新跨入傳統文化,由於從朦朧詩中率先奮勇突圍,日漸成為朦朧詩群體中成就最為卓著的詩人。同樣成功突圍的是游移在朦朧詩邊緣的王小妮(1955-),她從1980年代後期開始以尖銳直白的詩句來書寫個人對世界的奇妙感知,成為當代女性詩人中最突出的代表。如果說在1970年代末到1980年代初,朦朧詩仍然帶有強烈的烏托邦理念與相當程度的宏大抒情風格,從1980年代中後期開始,朦朧詩人們的寫作發生了巨大的轉化。

這個轉化當然也體現在後朦朧詩人身上。翟永明(1955-)被公認為後朦朧時代湧現的最優秀的女詩人,早期作品受到自白派影響,挖掘女性意識中的黑暗真實,爾後也融入了古典傳統等多方面的因素,形成了開闊、成熟的寫作風格。在1980年代中,翟永明與鐘鳴(1953-)、柏樺(1956-)、歐陽江河(1956-)、張棗(1962-2010)被稱為「四川五君」,個個都是後朦朧時代的寫作高手。柏樺早期的詩既帶有近乎神經質的青春敏感,又不乏古典的鮮明意象,極大地開闢了漢語詩的表現力。在拓展古典詩學趣味上,張棗最初是柏樺的同行者,爾

後日漸走向更極端的探索，為漢語實踐了非凡的可能性。在「四川五君」中，鐘鳴深具哲人的氣度，用史詩和寓言有力地書寫了當代歷史與現實。歐陽江河的寫作從一開始就將感性與理性出色地結合在一起，將現實歷史的關懷與悖論式的超驗視野結合在一起，抵達了恢宏與思辨的驚險高度。

後朦朧詩時代起源於1980年代中期，一群自我命名為「第三代」的詩人在四川崛起，標誌著中國當代詩進入了一個新階段，1980年代最有影響的詩歌流派，產自四川的佔了絕大多數。除了「四川五君」以外，四川還為1980年代中國詩壇貢獻了「非非」、「莽漢」、「整體主義」等詩歌群體（流派和詩刊）。如周倫佑（1952-）、楊黎（1962-）、何小竹（1963-）、吉木狼格（1963-）等在非非主義的「反文化」旗幟下各自發展了極具個性的詩風，將詩歌寫作推向更為廣闊的文化批判領域。其中楊黎日後又倡導觀念大於文字的「廢話詩」，成為當代中國先鋒詩壇的異數。而周倫佑從1980年代的解構式寫作到1990年代後的批判性紅色寫作，始終是先鋒詩歌的領頭羊，也幾乎是中國詩壇裡後現代主義的唯一倡導者。莽漢的萬夏（1962-）、胡冬（1962-）、李亞偉（1963-）、馬松（1963-）等無一不是天賦卓絕的詩歌天才，從寫作語言的意義上給當代中國詩壇提供了至為燦爛的景觀。其中萬夏與馬松醉心於詩意的生活，作品惜墨如金但以一當百；李亞偉則曾被譽為當代李白，文字瀟灑如行雲流水，在古往今來的遐想中妙筆

生花，充滿了後現代的喜劇精神；胡冬1980年代末旅居國外後詩風更為逼仄險峻，為漢語詩的表達開拓出難以企及的遙遠疆域。以石光華（1958-）為首的整體主義還貢獻了才華橫溢的宋煒（1964-）及其胞兄宋渠（1963-），將古風與現代主義風尚奇妙地糅合在一起。

毫不誇張地說，川籍（包括重慶）詩人在1980年代以來的中國詩壇佔據了半壁江山。在流派之外，優秀而獨立的詩人也從來沒有停止過開拓性的寫作。1980年代中後期，廖亦武（1958-）那些囈語加咆哮的長詩是美國垮掉派在中國的政治化變種，意在書寫國族歷史的寓言。蕭開愚（1960-）從1980年代中期起就開始創立自己沉鬱而又突兀的特異風格，以罕見的奇詭與艱澀來切入社會現實，始終走在中國當代詩的最前列。顯然，蕭開愚入選為2007年《南都週刊》評選的「新詩90年十大詩人」中唯一健在的後朦朧詩人，並不是偶然的。孫文波（1956-）則是1980年代開始寫作而在1990年代成果斐然的詩人，也是1990年代中期開始普遍的敘事化潮流中最為突出的詩人之一，將社會關懷融入到一種高度個人化的觀察與書寫中。還有1990年代的唐丹鴻（1965-），代表了女性詩人內心奇異的機器、武器及疼痛的肉體；而啞石（1966-）是1990年代末以來崛起的四川詩人，以重新組合的傳統修辭給當代漢語詩帶來了跌宕起伏的特有聲音。

1980年代的上海，出現了集結在詩刊《海上》、《大

陸》下發表作品的「海上詩群」，包括以孟浪（1961-）、郁郁（1961-）、劉漫流（1962-）、默默（1964-）、京不特（1965-）等為主要骨幹的以倡導美學顛覆性及介入性寫作風格的群體，和以陳東東（1961-）、王寅（1962-）、陸憶敏（1962-）等為代表的較具學院派知性及純詩風格的群體，從不同的方向為當代漢語詩提供了精萃的文本。幾乎同時創立的「撒嬌派」，主要成員有京不特、默默、孟浪等，致力於透過反諷和遊戲來消解主流話語的語言實驗，也頗具影響。無論從政治還是美學的意義上來看，孟浪的詩始終衝鋒在詩歌先鋒的最前沿，他發明了一種荒誕主義的戰鬥語調，有力地揭示了歷史喜劇的激情與狂想，在政治美學的方向上具有典範性意義。而陳東東的詩在1980年代深受超現實主義影響，到了1990年代之後則更開闊地納入了對歷史與社會的寓言式觀察，將耽美的幻想與險峻的現實嵌合在一起，鋪陳出一種新的夢境詩學。1980年代的上海還貢獻了以宋琳（1959-）等人為代表的城市詩，而宋琳在1990年代出國後更深入了內心的奇妙圖景，也始終保持著超拔的精神向度。1990年代後上海崛起的詩人中最引人注目的是復旦大學畢業後定居上海的韓博（黑龍江，1971-），他近年來的詩歌寫作奇妙地嫁接了古漢語的突兀與（後）現代漢語的自由，對漢語的表現力作了令人震驚的開拓。還有行事低調但詩藝精到的女詩人丁麗英（1966-），在枯澀與奇崛之間書寫了幻覺般的日常生活。

　　與上海鄰近的江南（特別是蘇杭）地區也出產了諸多才子型的詩人，如1980年代就開始活躍的蘇州詩人車前子（1963-）和1990年代之後形成獨特聲音的杭州詩人潘維（1964-）。車前子從早期的清麗風格轉化為最無畏和超前的語言實驗，而潘維則以現代主義的語言方式奇妙地改換了江南式婉約，其獨特的風格在以豪放為主要特質的中國當代詩壇幾乎是獨放異彩。而以明朗清新見長的蔡天新（1963-）雖身居杭州但足跡遍布五洲四海，詩意也帶有明顯的地中海風格。影響甚廣的于堅（1954-）、韓東（1961-）和呂德安（1960-）曾都屬於1980年代以南京為中心的他們文學社，以各自的方式有力地推動了口語化與（反）抒情性的發展。

　　朦朧詩的最初源頭，中國最早的文學民刊《今天》雜誌，1970年代末在北京創刊，1980年代初被禁。「今天派」的主將們，幾乎都是土生土長的北京詩人。而1980年代中期以降，出自北京大學的詩人佔據了北京詩壇的主要地位。其中，1989年臥軌自盡的海子（1964-1989）可能是最為人所知的，海子的短詩尖銳、過敏，與其宏大抒情的長詩形成了鮮明對比。海子的北大同學和密友西川（1963-）則在1990年後日漸擺脫了早期的優美歌唱，躍入一種大規模反抒情的演說風格，帶來了某種大氣象。臧棣（1964-）從1990年代開始一直到新世紀不僅是北大詩歌的靈魂人物，也是中國當代詩極具創造力的頂尖詩人，推動了中國當代詩在第三代詩之後產生質的飛

躍。臧棣的詩為漢語貢獻了至為精妙的陳述語式，以貌似知性的聲音扎進了感性的肺腑。出自北大的重要詩人還包括清平（1964-）、西渡（1967-）、周瓚（1968-）、姜濤（1970-）、席亞兵（1971-）、冷霜（1973-）、胡續冬（1974-）、陳均（1974-）、王敖（1976-）等。其中姜濤的詩示範了表面的「學院派」風格能夠抵達的反諷的精微，而胡續冬的詩則富於更顯見的誇張、調笑或情色意味，二人都將1990年代以來的敘事因素推向了另一個高度。胡續冬來自重慶（自然染上了川籍的特色），時有將喜劇化的方言土語（以及時興的網路語言或亞文化語言）混入詩歌語彙。也是來自重慶的詩人蔣浩（1971-）在詩中召喚出語言的化境，將現實經驗與超現實圖景溶於一爐，標誌著當代詩所攀援的新的巔峰。同樣現居北京，來自內蒙古的秦曉宇（1974-），也是本世紀以來湧現的優秀詩人，詩作具有一種鑽石般精妙與凝練的罕見品質。原籍天津的馬驊（1972-2004）和原籍四川的馬雁（1979-2010），兩位幾乎在同齡時英年早逝的天才，恰好曾是北大在線新青年論壇的同事和好友。馬驊的晚期詩作抵達了世俗生活的純淨悠遠，在可知與不可知之間獲得了逍遙；而馬雁始終捕捉著個體對於世界的敏銳感知，並把這種感知轉化為表面上疏淡的述說。

當今活躍的「60後」和「70後」詩人還包括現居北京的莫非（1960-）、殷龍龍（1962-）、樹才（1965-）、藍藍（1967-）、侯馬（1967-）、周瑟瑟（1968-）、朱朱

（1969）、安琪（1969-）、王艾（1971-）、成嬰（1971-）、
呂約（1972-）、朵漁（1973-），河南的森子（1962-）、
魔頭貝貝（1973-），黑龍江的潘洗塵（1964-）、桑克
（1967-），山東的宇向（1970-）孫磊（1971-）夫婦和軒轅軾
軻（1971-），安徽的余怒（1966-）和陳先發（1967-），江蘇
的黃梵（1963-）、楊鍵（1967），浙江的池凌雲（1966-）、
泉子（1973-），廣東的黃禮孩（1971-），海南的李少君
（1967-），現居美國的明迪（1963-）等。森子的詩以極為寬
闊的想像跨度來觀察和創造與眾不同的現實圖景，而桑克則將
世界的每一個瞬間化為自我的冷峻冥想。同為抒情詩人，女詩
人藍藍通過愛與疼痛之間的撕扯來體驗精神超越，王艾則一次
又一次排練了戲劇的幻景，並奔波於表演與旁觀之間，而樹才
的詩從法國詩歌傳統中找到一種抒情化的抽象意味。較為獨特
的是軒轅軾軻，常常通過排比的氣勢與錯位的慣性展開一種喜
劇化、狂歡化的解構式語言。而這個名單似乎還可以無限延長
下去。

　　1989年的歷史事件曾給中國詩壇帶來相當程度的衝擊。在
此後的一段時期內，一大批詩人（主要是四川詩人，也有上海
等地的詩人）由於政治原因而入獄或遭到各種方式的囚禁，還
有一大批詩人流亡或旅居國外。1990年代的詩歌不再以青春的
反叛激情為表徵，抒情性中大量融入了敘述感，邁入了更加成
熟的「中年寫作」。從1980年代湧現的蕭開愚、歐陽江河、陳

東東、孫文波、西川等到1990年代崛起的臧棣、森子、桑克等可以視為這一時期的代表。1990年代以來，儘管也有某些「流派」問世，但「第三代詩」時期熱衷於拉幫結夥的激情已經消退。更多的詩人致力於個體的獨立寫作，儘管無法命名或標籤，卻成就斐然。1990年代末的「知識分子寫作」與「民間寫作」的論戰雖然聲勢浩大，卻因為糾纏於眾多虛假命題而未能激發出應有的文化衝擊力。2000年以來，儘管詩人們有不同的寫作趨向，但森嚴的陣營壁壘漸漸消失。即使是「知識分子寫作」的代表詩人，其實也在很大程度上以「民間寫作」所崇尚的日常口語作為詩意言說的起點。從今天來看，1960年代出生的「60後」詩人人數最為眾多，儼然佔據了當今中國詩壇的中堅地位，而1970年代出生的「70後」詩人，如上文提到的韓博、蔣浩等，在對於漢語可能性的拓展上，也為當代詩作出了不凡的探索和貢獻。近年來，越來越多的「80後詩人」在前人開闢的道路盡頭或途徑之外另闢蹊徑，也日漸成長為當代詩壇的重要力量。

中國當代詩人的寫作將漢語不斷推向極端和極致，以各異的嗓音發出了有關現實世界與經驗主體的精彩言說，讓我們聽到了千姿萬態、錯落有致的精神獨唱。作為叢書，《中國當代詩典》力圖呈現最精萃的中國當代詩人及其作品。第二輯在第一輯的基礎上收入了15位當代具有相當影響及在詩藝上有所開拓的詩人。由於1960年代出生的詩人在中國當代詩壇佔據的

絕對多數，第二輯把較多的篇幅留給了這個世代。在選擇標準上，有多方面的具體考慮：首先是盡量收入尚未在台灣出過詩集的詩人。當然，在這15位詩人中，也有少數出過詩集，但仍有令人興奮的新作可以期待產生相當影響的。即便如此，第二輯仍割捨了多位本來應當入選的傑出詩人，留待日後推出。願《中國當代詩典》中傳來的特異聲音為台灣當代詩壇帶來新的快感或痛感。

目次

鏡
中

只要想起一生中後悔的事

梅花便落了下來

比如看她游泳到河的另一岸

比如登上一株松木梯子

危險的事固然美麗

不如看她騎馬歸來

面頰溫暖

羞澀。低下頭，回答著皇帝

一面鏡子永遠等候她

讓她坐到鏡中常坐的地方

望著窗外，只要想起一生中後悔的事

梅花便落滿了南山

何人斯

究竟那是什麼人？在外面的聲音
只可能在外面。你的心地幽深莫測
青苔的井邊有棵鐵樹，進了門
為何你不來找我，只是溜向
懸滿乾魚的木樑下，我們曾經
一同結網，你鍾愛過跟水波說話的我
你此刻追蹤的是什麼？
為何對我如此暴虐

我們有時也背靠著背，韶華流水
我撫平你額上的皺紋，手掌因編織
而溫暖；你和我本來是一件東西
享受另一件東西；紙窗、星宿和鍋
誰使眼睛昏花
一片雪花轉成兩片雪花
鮮魚開了膛，血腥淋漓；你進門
為何不來問寒問暖
冷冰冰地溜動，門外的山丘緘默

這是我鍾情的第十個月　我的光陰嫁給了一個影子
我咬一口自己摘來的鮮桃，讓你

清潔的牙齒也嚐一口，甜潤的

讓你也全身膨脹如感激

為何只有你說話的聲音

不見你遺留的晚餐皮果

空空的外衣留著灰垢

不見你的臉，香煙嫋嫋上升——

你沒有臉對人，對我？

究竟那是什麼人？一切變遷

皆從手指開始。伐木丁丁，想起

你的那些姿勢，一個風暴便灌滿了樓閣

疾風緊張而突兀

不在北邊也不在南邊

我們的甬道冷得酸心刺骨

你要是正緩緩向前行進

馬匹悠懶，六根轡繩積滿陰天

你要是正匆匆向前行進

馬匹婉轉，長鞭飛揚

二月開白花，你逃也逃不脫，你在哪兒休息

哪兒就被我守望著。你若告訴我

你的雙臂怎樣垂落，我就會告訴你
你將怎樣再一次招手；你若告訴我
你看見什麼東西正在消逝
我就會告訴你，你是哪一個

秋天的戲劇

1

去秋我把他們寫得芬芳清晰

守在某棵月桂下，各司其職

他們沒有哪點冷落過我，也依稀

聽聞過我的名姓，我依戀過

其中的某些面孔，對於別些個

他們的怯懦和不幸，我也多少抱有憐憫

今年這時節落葉紛紛，回頭四顧

泥濘的道上又新添了幾場霏雪

2

我潛心做著語言的試驗

一遍又一遍地，我默念著誓言

我讓衝突發生在體內的節奏中

睫毛與嘴角最小的蠕動，可以代替

從前的利劍和一次鍾情，主角在一個地方

可以一步不挪，或者偶爾出沒

我便賦予其真實的聲響和空氣的震動

變涼的物體間，讓他們加厚衣襟，痛定思痛

3

他們改不了這樣或那樣的習慣
而我甚是苛求，其實我也知道孰能無過
念錯一句熱愛的話語又算什麼？
只是習慣太深，他們甚至不會打量別人
秋聲簌簌，更不會為別人的幸福而打動
為別人的淚花兒奔赴約會。我不能
怎麼也不能改變他們；明鏡的孤獨中
他們的固執成了我深深的夢寐

4

那一個，那幼稚母親的掌上明珠，她的光彩
竟使我的敵人傾倒，致使他變本加厲
日復一日把我逼近令她心碎的角隅
我們都心碎了，啊，霧中的孩子
你怎麼一點也沒有想過悲慘的結局呢？
我不能給你留下什麼；你會成為厚厚的書籍
你會叫我避諱某些詞彙，呵，你，我霧中的親人
死守在白玉中藥看我怎樣偃旗息鼓

5

還有你，純潔的朗讀，我病中的水果
我自己也是水果依偎你秋天的氣味
醉心於影子和明鏡空氣中的衣裳
你會念念不忘我這雙手指，而他們
卻釀成了新的脅迫，命運弦上最敏感的音節
瞧瞧我們怎樣更換著：你與我，我與陌生的心
唉，一地之於另一地是多麼虛幻

6

你又帶了什麼消息，我和諧的伴侶
急躁的性格，像今天傍晚的西風
一路風塵僕僕，只為一句忘卻的話
貧困而又生動，是夜半星星的密談者
是的，東西比我們富於耐心
而我們比別人更富於果敢
在這個堅韌的世界上來來往往
你，連同你的書，都會磨成芬芳的塵埃

7

你是我最新的朋友（也許最後一個）
與我的父母踏著同一步伐成長
而你的臉，卻反映出異樣的風貌
我喜歡你等待我的樣子，這天涼的季節
我們緊握的手也一天天變涼
你把我介紹成一扇溫和的門，而進去後
卻是你自己飾滿陌生禮品的房間
我們同看一朵花瓣的時候，不知你怎麼想

8

這夜晚風聲加緊，你們來到我的心中
代替了我設想的動作，也代替了書桌前的我
讓我變成了一個欲言不能的影子
日子會一天天變美，潔白無瑕，正像
我們心目中的任何一件小東西
活著？活著就是改掉缺點

就是走向英勇的高處，在落葉紛紛中
依然保持我們軀體的崇高和健全

南京

醒來，雷電正襲在五月的窗上，
昨夜的星辰墜滿松林間。
我坐起，在等著什麼。一些碎片
閃耀，像在五年前的南京車站：
你迎上來，你已經是一個
英語教員。暗紅的燈芯絨上裝
結著細白的芝麻點。你領我
換幾次車，丟開全城的陌生人。
這是郊外，「這是我們的住房──
今夜它像水變成酒一樣
沒有誰會看出異樣。」燈，用門
抵住夜的尾巴，窗簾掐緊夜的毫毛，
於是在夜寬柔的懷抱，時間
便像歡醉的蟋蟀放肆起來。
隔壁，四鄰的長夢陡然現出惡兆。
茶杯提心吊膽地注視這十天。
像神害怕兩片同樣的樹葉，
門，害怕外面來的同一片鑰匙。
但它沒有來。我想，如果我
現在歸去，一定會把你驚呆。
我坐在這兒。同樣的鑰匙卻通向

別的裡面。嘴在道歉。我的頭
偎著光明像偎著你的乳房。
陌生的燈泡像兒子，吊在我們
中間——我們中間的山水
結滿正午的果實，航著子夜的航帆。
我坐著，嗅著雷電後的焦糊味。
我冥想遠方。別哭，我的忒勒瑪科斯
這封迷信得瞞過母親，直到
我們的鋼矛刺盡她周身的黑暗。

十月之水

九五：鴻漸於陵，婦三歲不孕。終莫之
勝。吉。

——《易經·漸》

1

你不可能知道那有什麼意義

對面的圓圈們只死於白天

你已穿上書頁般的衣冠

步行在恭敬的瓶形屍首間

花不盡的銅幣和月亮，嘴唇也

漸漸流走，冷的翠袖中止在途中

機密的微風從側面撤退

一縷縷，喚醒霜中的眉睫

就這樣珍珠們成群結隊

沿十月之水，你和她行走於一根琴弦

你從那天起就開始揣測這個意義

十月之水邊，初秋第一次聽到落葉

2

我們所獵之物恰恰只是自己

鳥是空氣的鄰居，來自江南

一聲槍響可能使我們中斷蒙汛

可能斷送春潮，河商的妻子

她的眺望可能也包含你

你的女兒們可能就是她抽泣的腰帶

山丘也被包含在裡面，白兔往往迷途

十年前你追逐它們，十年後你被追逐

因為月亮就是高高懸向南方的鏡子

花朵隨著所獵之物不分東西地逃逸

你翻掌丟失一個國家，落花也拂不去

一個安靜的吻可能撒網捕捉一湖金魚

其中也包括你，被撫愛的肉體不能逃逸

3

爻辭由乾涸之前的水波表情顯現

你也顯現在窗口邊，水鳥飛上了山

而我的後代仍未顯現在你裡面

水鳥走上了山洞，被我家長河止
我如此被封鎖至再次的星占之後
大房子由稀疏的茅草遮頂
白天可以望到細小手指般的星星
黃狗往縫隙裡張望　我早已不在裡面
我如此旅程不敢落宿別人的旅店
板橋霜跡，我禮貌如一塊玉墜
如此我承擔從前某個人的歎息和微笑
如此我又倒映我的後代在你裡面

4

你不知道那究竟有什麼意義
開始了就不能重來，圓圈們一再擴散
有風景若魚兒游弋，你可能是另一個你
當蝴蝶們逐一金屬般爆炸、焚燒、死去
而所見之處僅僅遺留你的痕跡
此刻你發現北斗星早已顯現
植物齊聲歌唱，白晝緩緩完結
你在停步時再次聞到自己的香味
而她的熱淚洶湧，動情地告訴我們

這就是她鍾情的第十個月

落日鎔金，十月之水逐漸隱進你的肢體

此刻，在對岸，一定有人夢見了你

燈芯絨幸福的舞蹈

1

「它是光」，我抬起頭，馳心
向外，「她理應修飾。」
我的目光注視舞臺，
它由各種器皿搭就構成。
我看見的她，全是為我
而舞蹈，我沒有在意
她大部分真實。臺上
鑼鼓喧天，人群熙攘；
她的影兒守捨身後，
不像她的面目，襯著燈芯絨
我直看她姣美的式樣，待到
天涼，第一聲葉落，我對
近身的人士說：「秀色可餐。」
我跪下身，不顧塵垢，
而她更是四肢生輝。出場
入場，聲色更達；變幻的器皿
模棱兩可；各種用途之間
她的燈芯絨磨損，陳舊。
天地悠悠，我的五官狂蹦

亂跳，而舞臺，隨造隨拆。
衣著乃變幻；「許多夕照後
東西會越變越美。」
我站起，面無愧色，可惜
話聲未落，就聽得一聲歎喟。

2

我看到自己軟弱而且美，
我舞蹈，旋轉中不動。
他的夢，夢見了夢，明月皎皎，
映出燈芯絨──我的格式
又是世界的格式；
我和他合一舞蹈。
我並非含混不清，
只因生活是件真事情。
「君子不器」我嚴格，
卻一貫忘懷自己，
我是酒中的光，
是分幣的企圖，如此嫵媚。
我更不想以假亂真；

只因技藝純熟（天生的）
我之於他才如此陌生。
我的衣裳絲毫未改，
我的影子也熱淚盈盈，
這一點，我和他理解不同。
我最終要去責怪他。
可他，不會明白這番道理，
除非他再來一次，設身處地，
他才不會那樣挑選我
像挑選一隻鮮果。
「唉，遺失的只與遺失者在一起。
我只好長長歎息。

楚王夢雨

我要銜接過去一個人的夢，
紛紛雨滴同享的一朵閒雲；
我的心兒要跳得同樣迷亂，
宮殿春葉般生，酒沫魚樣躍，
讓那個對飲的，也舉落我的手。
我的手捫脈，空亭吐納雲霧，
我的夢正夢見另一個夢呢。
枯木上的靈芝，水腰繫上絹帛，
西邊的飛蛾探聽夕照的虛實。
它們剛剛辭別幽所，必定見過
那個一直輕呼我名字的人
那個可能鳴翔，也可能開落，
給人佩玉，又叫人狐疑的空址
她的踐約可能漸漸潮濕的人
真奇怪，雨滴還未發落前夕，
我已想到周圍的潮濕呢：
青翠的竹子可以擰出水，
山谷來的風吹入它們的內心，
而我的耳朵似乎飛到了半空，
或者是凝佇而燃燒吧，燃燒那個
一直戲睡在它裡面，那湫隘的人

還燒燒她的耳朵，燒成灰煙，
決不叫她偷聽我心的飢餓
你看，這醉我的世界含滿了酒
竹子也含了晨曦和皎月。
它們蕭蕭的聲音多痛，多痛，
愈痛我愈是要剝它，剝成七孔
那麼我的痛也是世界的痛
請你不要再聽我了，莫名的人
我知道你在某處，隔風嬉戲。
空白地的夢中之夢，假的荷葉，
令我徹夜難眠的住址。
如果雨滴有你，火焰豈不是我？
人神道殊，而殊途同歸，
我要，我要，愛上你神的熱淚。

刺客之歌 ①

從神秘的午睡時分驚起

我看見的河岸一片素白

英俊的太子和其他謀士

臉朝向我，正屏息斂氣

「歷史的牆上掛著矛和盾

另一張臉在下面走動」

河流映出被叮嚀的舟楫

發涼的底下伏著更涼的石頭

那太子走近前來

酒杯中蕩漾著他的威儀

「歷史的牆上掛著矛和盾

另一張臉在下面走動」

血肉之軀要使今昔對比

不同的形象有不同的後果

那太子是我少年的朋友

他躬身問我是否同意

「歷史的牆上掛著矛和盾

另一張臉在下面走動」

為銘記一地就得抹殺另一地

他周身的鼓樂廓然壯息

那兇器藏到了地圖的末端

我遽將熱酒一口飲盡
「歷史的牆上掛著矛和盾
另一張臉在下面走動」

1986.11.13，德國欣費爾德（Hünfeld）

注釋：
①鐘鳴在〈籠中的鳥兒和外面的俄爾弗斯〉一文中的引
　文與此處略有差異，鐘鳴可能是引自修改前的版本，
　其中引用的兩段如下：

　　那麼，他會置身在風暴之中
　　真的，大家的歷史
　　看上去都是一個人醫療一個人
　　沒有誰例外，亦無哪天不同
　　你看他這時走了進來
　　像集中了所有的結局和潛力
　　他也是一個仍在受難的人
　　你一定會認出他傑出的姿容

早春二月

太陽曾經照亮我；在重慶，一顆
露珠的心情早含著圖像朵朵
我繞過一片又一片空氣；鐵道
讓列車疼得逃光，留杜鵑輕歌
我說，頂峰你好，還有梧桐松柏
無論上下，請讓我幽會般愛著
在湖南，陽光照亮童年的眼睛
我的手長大，撫摸的道路變短
塵埃繞城市臭晨地跳循環舞
喇叭保弟弟，車輪就是萬花筒
換牙的疼變成屁股上的傷疤
果實把我捉到樹上，狠狠把我
摔落。哎，我感到我今天還活著
活在一個紙做的假地方；春天
咕咕叫，太陽像庸醫到處摸摸
摸摸這個提前或是推遲了的
時代，摸摸這個世界的烏托邦
哎，潛龍勿用，好比一根爛繩索。

選擇

血肉之軀迫使你作出如下的選擇：
祖國或內心，兩者水火不容。
後者喚引你到異地脫胎換骨，
爾後讓你像鳴蟬回到盛夏的涼蔭。
如果你選擇了前者，它便贈給你
隨便的環境，和睦又細膩的四鄰。
其實選擇沒有通過你已經發生，
像是有另一個人熟睡去你的夢中。
你醒來，發現一片金黃的林木，
陌生的果實飄然墜地；而那常傳聞的
天鵝，正可怕地，貼著涼水游向你，似乎
它們的內心含著一個唯一的地名……

1987.1，德國欣費爾德Hünfeld

死亡的比喻

死亡猜你的年紀

認為你這時還年輕

它站立的角度的盡頭

恰好是孩子的背影

繁花，感冒和黃昏

死亡說時間還充裕

多麼溫順的小手

問你要一件東西

你給它像給了個午睡

涼蔭裡游著閒魚

死亡猜你的年紀

你猜猜孩子的人品

孩子猜孩子的蜜桔

吃了的東西，長身體

沒吃的東西，添運氣

孩子對孩子坐著

死亡對孩子躺著

孩子對你站起

死亡猜你的年紀

認為你這是還年輕

孩子猜你的背影

睜著好吃的眼睛

薄暮時分的雪

一場尚未認識的風暴

它們突然脫離了其中

它們在你身邊等了好久

等你這個想著其他事情的人

去過更改過的地方

它們更改了又更改

似乎你一定是錯了

似乎你一定是錯了

它們早知道了那些事情

比如去這個時刻晚餐

可能是一樁共同的竊行

疲勞的，韶秀的和那些嬰兒

都該供養一個莫名的英雄

而且這些眉批和刪注

該同朽屋歸入暗塵

真的，他跟大家都不一樣

他比誰都幸運

他從大家熟睡的地方

站起身來，掌握了夢的核心

如果大家習慣了的酒和燈

是為了款迎哪個好醫生

那麼，他會置身在風暴之中
真的，大家的歷史
看上去都是一個人醫療另一個人
沒有誰例外，亦無哪天不同
你看他這時走了過來
像集中了所有的結局和潛力
他也是一個仍去受難的人
你一定會認出他傑出的姿容

1987.1.18，德國Königstein

老師

面山臨水，只有你荏苒起舞。

老師，當石頭對著石頭，

當正午下起細雨，

沒有誰知道你是酒。

更無誰猜到

你已經概括了所有

只有我知道，那是沉醉。

我讓我端坐（雖然你把我移挪）

我的鈕扣讓光陰管著。

老師，你舞蹈的手指

是不是沿途繁響的鑰匙？

你看，舞蹈遞給我一杯酒。

春去秋來，白雲悠悠，

我猜著裡面仔細的佈設。

你看，我穿上了日漸菲薄的衣裳

當燕子深入燕子，

當舞蹈在我心田初夏般發病，

我要脫下鞋，提著燈，

跟你一道，老師

跟你一道珍藏在風暴的正中。

惜別莫尼卡

莫尼卡，我有一道不解的迷

是不是每個人都牽著

一個一模一樣的人，好比我和你

住在這個燕子往來的世界裡

你看看春天的窗扉和宮殿

都會通向它們的另一面

還有裡面的每件小東西

也正正反反地毗連

莫尼卡，讓我們還打一個比喻

好比今天不安的你

定會有另一個，也用嘴唇吻著

只是不來告別而已

莫尼卡，我不要你流淚和賭氣

你看我已經看見了另一個你

正避開石頭和烈焰

鱒魚一樣游在涼爽的水裡

莫尼卡，你不會飛上天

你永遠不會回到義大利

預感

像酒有時預感到黑夜和

它的迷醉者，未來也預感到

我們。她突然揚聲問：你敢嗎？

雖然輕細的對話已經開始。

我們不能預感永恆，

現實也不能說：現在。

於是，在一間未點燈的房間，

夜便孤立起來，

我們也被十點鐘脹滿。

但這到底是時日的哪個部件

當我們說：請來臨吧！？

有誰便踮足過來。

把濃茶和咖啡

通過輕柔的指尖

放在我們醉態的旁邊。

真是你嗎？雖然我們預感到了，

但還是忍不住問了一聲。

星輝燦爛，在天上。

三隻蝴蝶

黑黢黢的夜晚有人正夢到這一幕

某一年某一日的某一個時刻

三隻小蝴蝶正飛向一枝嫣紅的花朵

不遠處一隻醜蜘蛛屏住心跳

驀地出擊，金屬般將第一隻擒獲

黑黢黢的夜晚有人正夢到這一幕

半空中驟然降下一聲怒吼

一隻碩大的蝴蝶如火焰，俯衝拼搏

第一隻小蝴蝶又踢又咬，翩翩逃脫

第二隻小蝴蝶不久也落網了

雖然遍體鱗傷，最後終被救活

黑黢黢的夜晚有人正夢到這一幕

第三隻最倒楣（「三」總是總是倒楣）

大蝴蝶再不來救，遠遠地袖手旁觀

小小的生命被參差的胃消化得精光

第二天有三個兒子因正義殺人，一個得償命

媽媽要回了兩個，留下最小最親的一個

好比三隻蝴蝶飛向一枝嫣紅的花朵

黑黢黢的夜晚有人正夢到這一幕

1987.9.15　德國威茨堡大學

与夜蛾谈牺牲

一、夜蛾

我知道夜與夜來過，這又是一個平淡的夜
世紀末的迷霧飄蕩在窗外冷樹間
黑得透不過氣來，我又憤懣又羞愧
把你可恥的什物鬧個丁丁當當的人啊，
聽我高聲詰問：何時燃起你的火盞？

二、人

我也知道這只是一個平淡的時刻，星月無蹤
億萬顆心已經入睡，光明被黑暗擄身
你焦灼的呼聲好比亢奮的遠雷
過分狂熱，你會不會不再知道自己是誰？
夜蛾，讓我問一聲：你的行為是否當真？

三、夜蛾

我的命運是火，光明中我從不凋謝

甚至在母胎，我早已夢見了這一夜，並且
接受了祝福；是的，我承認，我不止一個
那億萬個先行的同伴中早就有了我
我不是我，我只代表全體，把命運表演

四、人

那麼難道你不痛，痛的只是火焰本身？
看那釘在十字架上的人，破碎的只是上帝的心
他一勞永逸，把所有的生和死全盤代替
多年來我們懸在半空，不再被問津
欲上不能，欲下不能，也再不能犧牲

五、夜蛾

我談過命運，也就談過最高的法則
當你的命運緊閉，我的卻開坦如自然
因此你徒勞、軟弱，芸芸眾生都永無同伴
來吧，我的時間所剩無幾，燃起你的火來
人啊，沒有新紀元的人，我給你最後的通牒

六、人

窗外的迷霧包裹了大地，又黑又冷
來吧，這是你的火，環舞著你的心身
你知道火並不熾熱，亦沒有苗焰，只是
一扇清朗的門，我知道化成一縷清煙的你
正憐憫著我，永在假的黎明無限沉淪

1987.9.30～10.4

鄧南遮的金魚

我的對話者，我的紅色靈魂
在另一片水域，空濛濛的水域
我們仍然是對話者，嘴角塌下來
奇怪的眼睛是水裡的蔭涼

我們假定了一種生活
像一塊綢布掛著感官齊備的珊瑚
我們十分得體地醞釀感覺
並讓它上升到自己的高度

在痛苦面前，我們的意志同樣薄弱
我們的身體整個就是為了羞愧
所以，壞人才敢於那麼猖狂
把我們的良心拿來觀賞

我們看到了像泡沫鋪開的水裡的裙子
在沉默中形成了別的語言
那是色彩、光斑編成的數碼
和大海的花園一樣

鄧南遮的金魚

我是熊熊烈焰卻再也不燙自己了
現在深入誰的假寐，我讓自己更是水
我要撫摸那個憂傷的人，那個
淚汪汪的俊兒，那個樟腦香味嫋嫋的
革命家，他正穿上我的形象衝鋒陷陣
哦，瞧瞧，敵人對著敵人漩渦般晃動
可因為他，他們卻化成了夜晚的美酒
流溢，飛騰，將所有的鍾情裙裾濺濕
修長的漂移的世界聽到了這些呻吟
哦哦，這唯一的一夜，羅密歐換成了朱麗葉
他那只從不疼的耳朵也諦聽著
這再也抑不住的一夜，每件小事物
尖聲鳴叫，飛向他沸騰的那一面
而他，我的小寶貝，就會來我清涼身旁安歇

中國涼亭

有一天我們在密林中迷路
夏天的雷兒正囈語輕輕
我的心發出奇異的聲響
你和我來到一座中國涼亭

你的臉兒飄渺清潔
甚至連空氣都不能把它察覺
你的柔髮多麼寂靜
是世界的第一片竹葉
攜著影兒在水中淺睡

寂靜中悠轉著一隻黃鸝
我愛你，我愛你
似乎陌生，又似乎熟悉
似乎唱過一次，或者說過一遍

是一場彷彿，彷彿你曾歷經
你的顫慄來自遙遠的往昔
來自一場前夢，或一座中國
涼亭
當雷雨的珠箔掩蓋了四邊

你和我來到一座中國涼亭

從此我們生活在這裡

我感到我是你，你是我

要不，我們已經不再是自己

《星星》詩刊1988年7月號

Umweg（德文：繞道）

在撒旦的陽光下
我們執迷得寧願繞道

從一個地點到另一個地點
我們固執得不顧風暴
也許事情十分微小
去道一聲別，或者買一盒煙

首先是往常的過道堵了
黑白分明的紙條在警告
「真噁心」，我們詛咒一聲
轉身下一層玻璃樓，再試試

出去，這時秋天又來阻攔
它把天橋損壞了；那個
上去的螺旋梯呢，攔了一根繩索

那個寒風中立在橋上的工人
我們只瞟見了他一瞬
事後回想起他的眼神和姿態
他手上「嘩嘩」的小黃旗

雖只是那麼一瞬，但我們知道
他就是那個亞伯利恒人
那個殉難的人
那之後他的樣子真變了不少

他當然也看見了我們
當然也想阻擋；不過他不是門嗎？
既阻擋又讓進
他不也是道路嗎？

於是我們繼續前進，我和我
陌生的同伴
當我們接近最後一張門
她朝我會意地，嫣然一笑

於是我們通過自己到達了
那個永遠去不了的地方
去買一盒煙，或者道一聲別
在希望的黎明的預感中
我們不是曾發誓不去嗎？

在撒旦的陽光下
我們痛苦得像天空
讓你對撒旦說：我在這兒
讓我對天空說：我不存在

1988.10.22

娟娟

彷彿過去重疊又重疊只剩下

一個昨天，月亮永遠是那麼圓

舊時的裝束從沒有地方的城市

清理出來，穿到你溫馨的身上

接著變天了，濕漉漉的梅雨早晨

我們的地方沒有傘，沒有號碼和電話

也沒有我們居住，一顆遺忘的樟腦

嬝嬝地，抑不住自己，嗅著

自己，嗅著自己早佈設好的空氣

我們自己似乎也分成了好多個

任憑空氣給我們側影和善惡

給我們災難以及隨之而來的動作

但有一天樟腦激動地憋白了臉

像沸騰的水預感到莫名的消息

滿室的茶花兀然起立，娟娟

你的手緊握在我的手裡

我們的掌紋正急遽地改變

1988.5.10，特里爾

風向標

它低徊旋轉像半只剝了皮的甘橙
吸來山峰野景和遠方城市的寧靜
一切的欣欣向榮一切的過客逆旅，它都
醞釀一番，將無窮的充沛添給自己的血液
我銘記過然而又回到了天上的東西
我少年的鈕扣，紅領巾青春彗星的驕傲
我都願意重新交給它，心愛的風向標
幽會的時候我沉思著想給它一個
比喻：它就是我的手吧，因撫摸愛情
才混沌初開，五指鮮明而具備了姿形
夜深了我還夢著它似乎單純的聲音
像它會善待宇宙，給它合乎舞臺的衣裙
宇宙也會善待聖者，給他一顆奧妙的內心

1988.5.18

虹

「虹啊，你要什麼，你要什麼？」

「我時刻準備著，時刻準備著。」

一個表達別人

只為表達自己的人，是病人

一個表達別人

就像在表達自己的人，是詩人

虹，團結著充滿隱秘歌者的大地，

虹，在它內心的居所，那無垠的天堂。

虹，夢幻的良心，

虹，我們的哭泣之門。

歷史與欲望（組詩）

羅密歐與朱麗葉

他最後吻了吻她夭灼的桃頰，
便認定來世是一塊風水寶地；
嫉妒死永霸了她姣美的呼吸，
他便將窮追不捨的劇毒飲下。
而她，看在眼裡，急得直想尖咒：
「錯了，傻孩子，這兩分鐘的死
還不是為了生而演的一齣戲？！」
可她喊不出，像黑夜愧對白晝。
待到她掙脫了這場惡夢之網，
她的羅蜜歐已變成另兩分鐘。
她像白天疑惑地聽了聽夜晚。
唉，夜鶯的婚曲怎麼會是假的？
世界人聲鼎沸，遊戲層出不窮——
她便殺掉死踅進生的真實裡。

梁山伯與祝英台

「青青子衿，悠悠我心」，他們每天
讀書猜迷，形影不離親同手足，

他沒料到她的裡面美如花燭，
也沒想過撫摸那太細膩的臉。
那對蝴蝶早存在了，並看他們
衣裳清潔，過一座小橋去郊遊。
她若在後面逗他，揮了揮衣袖，
她感到他像圖畫，鑲在來世中。
她想告訴他一個寂寞的比喻，
卻感到自己被某種輕盈替換，
陌生的呢喃應合著千思萬緒。
這是蝴蝶騰空了自己的存在，
以便容納他倆最芬芳的夜晚：
他們深入彼此，震悚花的血脈。

愛爾莎和隱名騎士

她遇險的時候恰好正在做夢，
因此那等她的死刑不能執行，
她全心憧憬一個飄渺的名姓，
風兒叮咚，吹響了遠方的警鐘。
於是雲開了，路移了，萬物讓道，
最遠的水翡翠般擺設到眼前。

呵，她的騎士赫然走近她身邊，

還有那天鵝，令世界大感蹊蹺。

可危險過後她卻恢復了清醒，

「這是神跡，這從天而降的幸福，

我平凡的心兒實在不敢相信。」

於是她求他給不可名的命名。

這神的使者便離去，萬般痛苦——

人間的命名可不是頒佈死刑？

麗達與天鵝

你把我留下像留下一個空址，

那些燦爛的動作還住在裡面。

我若伸進我體內零星的世界，

將如何收拾你驀突過的形跡？

唉，那個令我心驚肉跳的符號，

浩渺之中我將如何把你摩挲？

你用虛空叩問我無邊的閒暇，

為回答你，我搜遍凸凹的孤島。

是你教會我跟自己腮鬢相磨，

教我用全身的嫵媚將你描繪，

看，皓月怎樣攝取汪洋的魂魄。
我一遍又一遍揮霍你的形象，
只企盼有一天把你用完耗毀——
可那與我相似的，皆與你相反。

吳剛的怨訴

無盡的盈缺，無盡的噁心，
上天何時賜我死的榮幸？
咫尺之遙卻離得那麼遠，
我的心永遠喊不出「如今」。
瞧，地上的情侶摟著情侶，
燕子返回江南，花紅草綠。
再暗的夜也有人採芙蓉。
有人動輒就因傷心死去。
可憐的我再也不能幻想，
未完成的，重複著未完成。
美酒激發不出她的形象。
唉，活著，活著，意味著什麼？
透明的月桂下她敞開身，
而我，詛咒時間崩成碎末。

色米拉肯求宙斯顯現
「如果你是人就求求你更是人
如果你不是如果除了人之外
一切都是神就請你給個明證
我一定要瞻一眼真理的風采！」
宙斯在他那不得已的神境中
有些驚慌失措，他將如何解釋
他那些萬變不離其宗的化身？
他無術真成另一個，無法制止
這個非得佔領他真身的美女，
除了用死，那不可忍受的雷電——
於是他任憑自己返回進自己
唉，可憐的花容月貌，豈能抵禦
這一瞬？！唉，這撮焦土惜未能見
那酒和歌的領隊，她的親生子。

蒼蠅

我越看你越像一個人

清秀的五官，紋絲不動

我想深入你嵯峨的內心

五臟俱全，隨你的血液

沿周身暈眩，並以微妙的肝膽

擴大月亮的盈缺

我繞著你踱了很多圈

哦，蒼蠅，我對你滿懷憧憬

你的天地就是我的天地

你的春秋叫我忘記花葉

如此我遷入你的壽命和積習

與你渾然一體，歌舞營營

聽夢中的情侶唏噓

你看，不，我看，黃昏來了

這場失火的黃昏

災難的氣味多難聞

讓我們不再跟世界一起紊亂

哦，蒼蠅，小小的傷痛

小小的隨便的死亡

好像你蹉跎舌上的

另一番滋味，另一種美饌

蝴蝶

如果我們現在變成一對款款的

蝴蝶，我們還會喁喁地談這一夜

繼續這場無休止的爭論

訴說蝴蝶對上帝的體會

那麼上帝定是另一番景象吧，好比

燈的普照下一切都像來世

呵，藍眼睛的少女，想想你就是

那隻蝴蝶，痛苦地醉到在我胸前

我想不清你那最後的容顏

該描得如何細緻，也不知道自己

該如何吃，餵養輕柔的五臟和翼翅

但我記得我們歷經的水深火熱

我們曾咬緊牙根用血液遊戲

或者真的只是一場遊戲吧

當著上帝沉默的允許，行屍走肉的金

當著圖畫般的雪雨陰晴

五彩的虹，從不疼的標本

現在一切都在燈的普照下

載蠕載娩，呵，我們迷醉的悚透四肢的花粉

我們共同的幸福的來世的語言

在你平緩的呼吸下一望無垠

所有鏡子碰見我們都齊聲尖叫

我們也碰著了刀，但不再刺身

碰翻的身體自己回頭站好像世紀末

拐角和樹，你們是親切的衣襟

我們還活著嗎？被損頹然的嘴和食指？

還活在雞零狗碎的酒的星斗旁邊？

哦，上帝啊，這裡已經是來世

我們不堪解剖的蝴蝶的頭顱

記下夜，人，月亮和房子，以及從未見過的

一對喁喁竊語的情侶

天鵝

尚未抵達形式之前

你是怎樣厭倦自己

逆著暗流，頂著冷雨

懲罰自己，一遍又一遍

你是怎樣

飄零在你自身之外

什麼都可以傷害你

甚至最溫柔的情侶

怎樣的恓惶，大自然

要攆走你，或者

用看不見的繩索，繫住

你這還不真實的紙鷂

宇宙充滿了嘩嘩的水響

和尚未洩漏的種族的形態

而，天鵝，天鵝，那是你嗎？

而明天，只是被稱呼為明天的今天

這個命定的黃昏

你嘹亮地向我顯現

我將我的心敞開，在過渡時

我也讓我被你看見

Was it a vision or a walking dream?

Fled is that music: - do I wake or sleep?

——J. Keats

在夜鶯婉轉的英格蘭 一個德國間諜的愛與死（組詩）

1

沒有奶油。戰爭啃著發綠黴的麵包皮。
潛艇在這個「心」形的港灣吐出了子夜
和我。我把我自己黑箭一般射了出去，
為了日耳曼的最後一擊，我咽下心跳。
一隻溫順的野山羊有一會兒攔住我的
去路。暗中的每件小事物都像手牽著手。
夜鶯婉轉。我分辨不清是真還是假。
一股暖流驀然湧上心頭，當我看見
遠處窗口她的白色側影。燈閃了三下。
珍貴的抵達！「不知為了什麼，我的心
是這般憂傷，」——我的暗語；「一個古老的
傳說，我總是不能遺忘」——她的回答。

2

夜鶯婉轉。濟慈的夜鶯隱入黎明。

黎明在換哨。將是一個萬里無雲的天晴。

他們將某種幾何圖案變了又變——

人的一貫伎倆。從小閣樓的窗口，水上

藍色的現實湧進我焦灼的望遠鏡

像我內心鮮活的紛紜變幻。但那唯一的

不會變。「變」其實擺脫不了「不變」的

願望。於是什麼也沒變。於是四十只

軍艦。歷史正悄悄打開新的一頁。

她把拭汗的毛巾遞給我。還有咖啡。

芳香的奶油揩在整齊的麵包片上。我們

歇一會兒。窗下一個醉漢走過，歌唱著

3

我問：「你是誰……也就是說，你怎麼

是現在的你？」她甩了甩長辮，說：

「喏，你瞧，我正代替另一個人活著。」

「我們在半道上截住了她，那可憐的

小學教員，一個無辜的人──跟我一樣，

然後就是那一套張冠李戴的把戲。」

「那麼你倆長得一樣？」「五官倒是

差不多，只是我或許漂亮一點兒……」

她閉上眼睛回憶一年前的那一幕

像回憶她的妹妹，她的手撕著

桌幾上的落花。「那麼你呢？」她問，

「我嘛，很簡單，不過得過幾枚勳章」，我說。

4

他歌唱著，歌唱著的醉漢打窗下

走過。中午的陽光曬燙了教堂的尖端。

沒有孩子在揭開大海乾澀的皮膚。

奶油在消融，腥味的風梳過松柏林，

吹動簷角的曬衣索。她去井邊汲水，

把涼水灑向汗晶晶的髮額和頸脖。

醉漢走過，歌唱著；無垠的天空

鋪織著瓦，在蟬兒的聒噪裡變得

更藍。藍得像她的美目。我心跳。

我們的嘴唇粘在一起。遠處，軍艦

仍變著隊形操練。醉漢走過，

歌唱著。我們突然領悟了什麼。

5

星期三在換哨。醉漢從窗下走過

歌唱著。「主啊。是時候了！」

換哨的臉無聊地重複著。主啊，你看看

我們的新玩意：小巧的步話機

像你的夜鶯：哦，BEHEMOTH（貝西摩斯），小寶貝

看你今兒怎樣呼風喚雨。主啊。

變紅的白雲，危險的白雲，主啊

調遣你的王牌軍。夜鶯婉轉。

倫敦硝煙一片，值夜班的艾略特在研究

火。水趕來急救。可這兒，可這兒

仍是沉寂，除了夜鶯。主啊調遣

你可怕的鴿子。潛艇的美人魚，阿門！

6

夜鶯婉轉。我們閉目等待。

我們在最黑暗的夜裡祈禱。

我們等待火光沖天，照亮海洋與

玫瑰。我和我最心愛的人在一起

等待，玫瑰就是等待。

那醉漢的歌聲在海邊徘徊。

後來他們開火了。（醉漢走向窗口）

但我不知道是誰對誰

開火。一切開火都是射向不痛的虛幻？

而我痛。我最後的瞳孔留著

她的微笑。甜美的微笑，請留一留！

我似乎聽見她撲向誰的懷抱。

誰戰勝了誰？我永久的疑惑……

……我將永遠沒有奶油。

德國士兵雪曼斯基的死刑

俄語是我的命運。

國境上,我這孤兒

在麵包與風車的邊緣長大。

啊,如畫的村莊。

除了母舌德語,我的俄語

也長得飛快,

快得超過秘密的列車我的牙齒我的年齡

和樹。

Kakayaharoshayapogoda!

嘿,多美的天氣!

後來戰爭爆發了

我先是失去了充滿白晝和石頭的

希臘;尤加利樹和泉水淙淙的

音樂,令我沉默。

三個月我沒說一句話,

對長官也從不說　jawohl

後來他們調遣我去俄國

火的聶瓦河

破爛的斯大林格勒,

這一切都像是我一個人的過錯。

真的,語言就是世界,而世界

並用語言來寬恕。

哎，恨的歲月，襤褸的語言，

我還要忍受你多久？

後來我們駐紮

某個村莊，雖然是第一次來

對我卻像來過多次。什麼，dajevn？

「我們最熟悉的反而是

陌生的地方，對嗎，上尉？」

上尉說：「雪曼斯基，

我們得修一座暗堡

像尖刀插在敵人的心臟！」

因為俄國話，

我被派去搞雞蛋、鮮奶及其他給養。

於是，我每天出入街坊和籬牆，

十月的陽光照徹我流水般的影子，

我歡快得像舒伯特的「鱒魚」。

我用靈活的舌頭彈開門簾

裝作布穀鳥遠逗緋紅的卡佳

——卡佳，你準備好了嗎？

今天給我十個紅蘋果。

卡佳的腋下有點狐臭，跟我一樣

但不要緊；通夜，明月

熱乎乎地在我們身上嬉戲。

我們第一次的身體

不是像兩個詞彙，碰了，變成成語？

卡佳，Yajiebialiubliu！

——告訴我，這句德語該怎麼說？

我答道，Ich Liebe Dich，卡佳！

後來我們的暗堡費了，

遊擊隊，嘿，美麗的卡佳。

軍事法庭判我叛國罪。

給我四十八小時的時間。

我用二十四小時潛逃，

被揪回；又用十四小時求恩赦，

我寫到：Bitte, bitte, Gnade！

被駁回；他們再給我十個小時

八個小時，六個小時，五個小時；

後來戰地牧師來了，

慈祥得像永恆：

可永恆替代不了我。

正如一顆子彈替代不了我，

我，雪曼斯基，好一個人！

牧師哭了，摟緊我，親吻我：

——孩子，孩子，Du bist nicht verloren！

還有一點兒時間，你要不要寫封信？

你念，我寫／可您會俄語嗎？

上帝會各種語言，我的孩子。

於是，我急迫地說，卡佳，我的蜜拉婭，

蜜拉婭，卡佳，我還有十分鐘，

黎明還有十分鐘，

秋天還有五分鐘個，

我們還有兩分鐘，

一分鐘，半分鐘，

十秒，八秒，五秒，

二秒：Lebewohl！卡佳，蜜拉婭！

嘿，請射我的器官。

別射我的心。

卡佳，我的蜜拉婭……

我死掉了死——真的，死是什麼？

死就像別的人死了一樣。

斷章

1

那是一個什麼夜晚

當我拉上屋門，擰開

燈？你疲憊的入眠相

變成了未來的象徵

春天的狼走得準時

追逐著桌上的時鐘

酒杯留下兩個圓印

像指環交換著永恆

2

一畦又一畦的菜田

你打開燕子的眼睛

通過石橋走進城市

城市排斥山的背影

我們是裂縫中的人

裂縫是世界的外型

只有酒杯不曾粉碎

裂縫便與酒杯共存

3

那幾乎是一隻蒼蠅
那越過破碎而來的
眩暈。磁鐵透過竹床
吸緊與夏天交媾的
肉影；玩偶走向扇子
那幾乎是一隻蒼蠅
那月亮，緊跟人徘徊
髒衣臨照世界之鏡

4

不視而見，不視而見
夢的醉舟駛進秋天
山川風物盡收眼底
不濕的雨給你加冕
清醒時只看到死者
入眠後會遇到世界──
像幅靜物，無比純潔：
英雄、破巷、空裙與鞋

5

童年應該懷揣某個
對立面，像鼠對峙貓
童年應該學會逃避
深入自身裡面。抽著
比指頭大的煙詭辯
我以拐角、廁所、公園
對抗父親、孤獨、數學——
唉，對立面射向世界

6

小愛神飛在麓山中
松樹落下去冬的葉
刺痛石頭、午睡、狗吠
這是不是你的裸身？
琥珀舞蹈，以火的手
給你繫上了同心結
時間展覽你這囚徒
春風吹落去冬的葉

7

樹或許該清潔一點
因為它曾在未來的
河流中沐浴，鳴與命
經典的桔子沉吟著
內心的死訊。人朝向
過去，只為虛幻祭獻
星星在堤岸上開花
人站起來，喃喃道歉

8

雨前低飛這麼多
燕子。湘江翻起白浪
穿藍色布衣的農婦
挑著菜籃在堤岸上
疾行。我忘記了我想
說的。風驅趕全城的
燠熱。一隻蟲蚋飛進
我眼中，被淚水吞葬

9

女性總能再現事物
的下落。你隨手一拿
「喏，這兒，那被遺忘的」——
一切全都被你容納
它們都該去問問你：
一片瓦、一口針或花
為何道路變短，為何
似曾相識，海角天涯？

10

我們到處叩問神跡
卻找到偶然的東西
重慶。感傷的貓追逐
蝴蝶，陽光鶴立臺階
焦灼的荷花在齧吃
醉鬼，釘子掛著燻雞
騎摩托車的長髮男人
蜻蜓般翩飛在雨季

11

冬天，樹的肌肉繃緊
等待春天的弓。事物
入睡。書敞開著，收留
那些懸掛，弓張的
斜著躓立的。頂峰。
睫毛、相冊、溫暖的肩
鏡子比孤獨更可怕：
人在鳥中？鳥在人中？

12

最純粹的夢是想像——
五個元素，五匹烈馬
它緊握鬆弛的現象
將萬物概括成醇酒
瞧，圖案！你醉在其中
好像融進黃昏，好比
是你自己，回到家中

13

這是我寫給你的詩
給你這徘徊在生死
之間的兒子。世界該
感到你的重量，星星
替你品嚐果實；兒子
學會區分左手、右手
以及黃昏、黎明；兒子
放開你自己，像氣球

14

我得跟你談一談痛
痛絕非來自你本身
最糟的時刻是正午
當世界，含著水仙，像
玻璃球，透明。痛之手
在款步中繁衍；痛讓
我多顆牙；最糟的
是我的心，充滿虛幻

15

緊握自己，樟腦，緊握

之中你要釋放幽香

銘刻下分離的位置

和枯花失去的重量

城市像條狗尾隨著

我的愛。樟腦，你在哪？

「我睡在炸藥裡」——電話

裡的呼吸，天仙一樣

16

虛無看上去像一隻

長頸鹿，或者像由你

所體現的那個少女

像雲像橋像刀像笛

世界之書總是試圖

以否定的方式呼風

喚雨。於是：山石、松風

空白將午睡者驚起

17

象徵升起天空之旗
生活，是旗喚回死者
以命名來替換虛幻
名與命。說：「夜裡沒有
歌聲」，就等於給沉暗
賦予動地哀的體形
怎樣的不可言述中
家園輪廓脫去朦朧！

18

掂掂鑰匙、蜉蝣、啞鈴
吮吸、轉化這些東西
孩子，我早就想著要
將地下室騰空。飛機
嗡嗡鳴翔在藍天裡
孩子，正午陰影佈滿
大地；孩子，事物擺在
外面，隨意站在那裡

19

黎明充滿啼鳥落花

小小人兒重新長大

你在這兒，我在那邊

我的竹馬「得得」騎到

你的床沿：乳房病了

青青髮辮，小小裸體

上帝禁止我們孤寂

你生下我，我來生你

20

那是一個什麼夜晚？

別離時分，未聞驪歌

聲動。醉舟乞求變成

中心，被萬物所簇擁

十二點。時間又發明

一顆彗星。春蠶入眠

而客車卻繼續跑動

是呀，寶貝，詩歌並非──

來自哪個幽閉，而是
誕生於某種關係中

1990

暴之夜

異地的風暴，你到底疼不疼

金魚沒有變樣，情侶摟著情侶

已經入睡；風暴，你要給那個孩子喚回？

哪個月亮的嘴邊還留著你

永遠的滋味？虛偽的屋子

人們在夢裡脫殼，留下玫瑰與諾言

留下一杯平淡的水，階級，美或者

倒影，風暴，風暴，我是珍藏於

你內心的哪一盤黑棋殺手？

我要如何移動自己

正確投入你的格局？

你空洞的內心，可否惦著我

如十指連心？

風暴惦記我在異地

如一顆裝滿的濕樹

如一匹踏破春天的駿馬

請給我痛，怕，恨以及扭曲

請給我額上裝一枚永久的月亮

風暴，風暴，照亮我如同我的鬼

正面或反面，我亂皺皺的皮……

夜色溫柔

屏息的樟腦緊握自己像緊握革命

夜色溫柔，所有中國人的臉也不在這裡

它們吐露著，消散著，那抑不住的形象

我感到這陣風裡還抬著更多的風

在北半球踉蹌的腳下卻躺著這些

正報廢著的魂靈，它們要到深深的

咬斷牙的頑石裡去：唉，我在想

漫天的星星是不是正蟑螂般竄動

戲中之戲裡還更會有演不完的戲？

我感到革命正散發著異樣的芳香

研究的鶴把松柏林燒得大熱

那麼風暴和漩渦的最裡頭是不是一個假的蒂？

那麼暴動，暴動的紊亂表情到頭是一場空？

夜色溫柔，我的俊友，你早已平靜入眠

你欹側的呼吸正把自己運走

飛吧，快飛吧，從你夢寐的酒邊上飛起

哦，我再也，看不到你，你已不在這裡

像暗中的樟腦散發出異樣的芳香

我們未來的形象，正潛行，致意又中斷……

讓我指給你看那毀滅的痕跡

讓我指給你看那毀滅的痕跡

橙子的皮膚脫在地上

心臟卻不翼而飛：請你看看

一張張完整的紙，轉眼就撕裂

什麼都沒有建成，紅旗

飄得疲憊：你來看看

我們剛剛點亮的燈，轉眼又被

消逝的我們熄滅，看看我們的珠寶

變成了野獸頭顱上的星月

還看看那個車夫，多可笑

破舊的輪子老見著圓圈

似乎他的器官全錯了位

像暗中的神偷換了日月

哦，似曾相識的地方

無線無限陌生的夜

請接收我莫測的精液

朦朧時代的老人

報警的鈴兒置在你不再爆炸的手邊

像把一隻夜鶯裝到某條黑洞洞的枝柯

你和你的藥片等著這個世界的消歇

用了一輩子的良心，用舊了雨水和車輪

用舊了真理憤怒的禮品和金髮碧眼

把什麼都用了一遍，除了你的自身

當我模糊的呼吸還砌著海市蜃樓

我感到你在隔壁，被另一個地球偷運

有一隻手正熄滅一朵蒼蠅，把它彈下圓桌和宇宙

可人家還要老恫嚇你，用地獄和上帝

每禮拜叫你號啕一場，可是哭些什麼呢？

透過殘淚你看出一枝枝點燃了的蠟燭

好比黑白分明的棋局裡過了河的卒子

或者是天翻地覆，我們已經第二次過河吧

重複一遍我的老妹妹，還有我，一個

醉心於玫瑰柔和之旋律的東方青年

黑髮清臒，我們或者真是第二次相遇

在一個我越拉你，你越傾斜的邊緣

請記住我：我和夜鶯還會再次相遇

以朋友的名義……

以朋友的名義我飲下這杯酒

以朋友的名義我投擲這張卡片

讓我把它投到痛得迴響的南天

以朋友的名義，你們去鏡中穿梭來往

穿過我的居室或者開花的園地

你們的兜裡揣著水果，刀片和其它東西

以朋友的名義，你們用眼睛看我

銅號般的眼睛，直吹得我發窘

以朋友的名義，你們用右手拿我

用嘴巴吃我，耳朵上還留著

我的心，一息尚存的餘燼

以朋友的名義，我看見你們撐開傘

雷雨之前，徘徊在城門等我

讓我以朋友的名義不點你們的姓氏

只是公開它們微妙的含義：一個是船

船靠著碼頭的樣子；一個是人

人躲在家裡的樣子；一個是車輪

車輪駛過小橋的樣子

詩篇

難以克制的是幸福的詩篇

五月我們摸索了三條路線

一條路護送了我們的肺葉

蒲公英總像給什麼鑲邊

煙雨迷濛,或天高雲淡

茁壯的林木嘴唇一樣演說

枕上我們精製了一場夜

星星的花園,那可就寢的火焰

燒吧,燒吧,總會完結的

另一條路懇求我們的名姓

佛曉時我們回到最後一條

歧道,喃喃祈告:

這一刻,就是這一刻,請你顯現

果真飛駛而過兩道光線

難以克制的是幸福的詩篇

五月我們摸索了三條路線

椅子坐進冬天

椅子坐進冬天，一共
有三張，寒冷是肌肉，
它們一字兒排開，
害怕邏輯．天使中，
沒有三個誰會
坐在它們身上，等著
滑過冰河的理髮師，雖然
前方仍是一個大鏡子，
喜鵲收拾著小分幣。
風的織布機，織著四周。
主人．是一個虛無，遠遠
站在郊外，呵著熱氣，
濃眉大眼地數著椅子：
不用碰它即可拿掉
那個中間，
如果把左邊的那張
移植到最右邊，不停地──
如此刺客，在宇宙的
心間。突然
且張椅子中那莫須有的
第四張，那唯一的，

也坐進了冬天。像那年冬天……

……我愛你。

雨　多麼美妙的鈴聲
　　　落向未來的掌心
　　　多麼精微的內臟
　　　交給莫測的外形
　　　來自皎月的青蟲
　　　齧吃大海的肌膚
　　　楊柳樹穿越大地
　　　流轉杜鵑的日記
　　　多麼羞怯的耳朵
　　　貼到心的最深處
　　　哦，刀片般的小鹿
　　　正克制清蔭密樹
　　　忍耐夢想和鬥爭
　　　幽靈般吵的父親
　　　我就要剖開血管
　　　來與你促膝談心
　　　多麼頓挫的鈴聲
　　　落向叮囑的柵欄
　　　輕跳的心兒憧憬
　　　一個遠離道路的
　　　傍晚；多麼高貴的

鈴聲，天堂般悠長

一朵玫瑰的重量

落到發燙的掌上

世界啊我的對手

變、變、變，再乖一點

生命摟住你放肆

變給我嶄新的夜

多麼精微的內臟

交給莫測的外形

多麼美妙的鈴聲

落向未來的掌心

我們的心要這樣向世界打開

我們的心要這樣向世界打開：

它挑剔命運心跳的紙和筆

像猛虎的舌頭那樣挑剔，從不

啜飲盛在玻璃杯中比喻的水

於是心會映出一個兩極稱平的世界

我們的心這樣打開後會看見

那看不見的海上看不見的船艦，正被

那更看不見的但準時的一架飛機救援

黑夜的世界有些噁心，因它裹著

兇惡的金和霧，它讓自己裝扮成一副

恐龍骸骨的模樣

是一座危聳的旋梯

所有的形體都有噁心的一面，想想

耳朵、煙、瓶子和子彈

或者屋子，火背上的煙囪和鏡子對面的門

鎖和鑰匙正腐爛，像一對淫鬼

而食品昨天還在飛

在月映萬川的水裡游

在疼得要命的木上燈一樣成熟

因此我們的心要這樣對待世界：

記下飛的，飛的不甜卻是蜜

記下世界，好像它躍躍欲飛
飛的時候記下一個標點
流浪的酒邊記下祖國和楊柳
化腐朽為神奇
我們的心要祝福世界
像一隻小小蜜蜂來到春天。

一首雪的挽歌

1

在一個黑暗的年代
雪又能夠怎麼樣呢？
白晝的光更加沉重
冬天顯得無比荒涼
我在你的身邊，下午
東西和陰影都在你的
身邊，像飛蛾就暖
我們都想接近那一刻
我的耐心只剩一點點了
火苗，快從房間裡燃起
不是照亮掛鐘和四壁
快快照亮塵埃的遠方

2

他們滿以為是他們
拯救了火，當它亮出
災難的舌頭，或者微茫
如彌留者的臂膊

當東西的外表還未暖夠
當四肢還被黑暗僵結
他們滿以為是他們
給予了火以生命
面對著這些鄙怯的臉孔
面對著這些可笑的耳朵
火說：我存在，我之外
只有黑暗和虛無

3

別怕，小飛蛾
當你的牆被想像成
曠漠的廣場
那兒只有你
別怕，小飛蛾
當你在時間裡
再看不出一條道路
那兒只有我
別怕，我們
你在火焰的核心

我在黑暗的核心

我們，別怕

4

像風中會飄來旗幟

殘忍就快來了

我們輕聲問：上帝

你在幹些什麼？

上帝說：我在下雪

這不是理所當然的嗎？

我心愛的孩子們死了

世界曾傷透他們的心

他們再也沒能回到我身邊

上帝又說：我可以哭嗎，世界？

他們也沒能回到東西裡

雪，你感到他們了嗎？

5

但是，一切都沒被感到，如果
一切都沒被深深地
經歷：可誰能不受縛於疆界呢？
只有孩子，頑皮的孩子
孩子對東西和河流說
「那是你嗎，我的對面？」
但為何是我的對面呢？
我就在你們的中間
哦，無限遼闊的，哦，遠方
紅豆的嫩芽蹦進逆來的春天
孩子們藏進平凡的東西
像回到了充滿玩具的家
哦，歌聲，哦，歌聲
我還要忍受你多久
哦，歌聲，哦，歌聲……

6

聽過巴赫第一次演奏的貓兒
你可不是我們的同代人
從橡木樓梯，十六世紀的
模型住宅，你踅下
你可是來饕餮我們？
自一顆塵埃的暗道機關
你要點亮中國的燈籠
古羅馬的水渠和莎芙的歎息
……但他們說你死了
兩年前。陌生的白晝。
我寫作。給我眼睛和內心
我給你蝴蝶和牛奶

7

但兩年並沒有過去
你的雙胞胎，兩個少女
像黃昏和黎明
像左手和右手，在這裡

1
0
7

這是你嗎？不，這是我

這是我嗎？不，這是你

兩隻貓，兩個少年

彼此比喻，兩個都美麗

哦，幸福地陪伴著，生與死！

世界既空闊又渺小

我們可以一起拍張照嗎？

加上玩具猴兒，銜雪茄的奧托

8

正午，不要驚動它們

躲在光芒裡的黑暗

它們可不是故意的

它們從不知道自己是

黑暗。寒冷，別取暖

你比一切都溫暖

你那不可解剖的核心

正是燕子求愛的居窩

西風，不要再吹逼它們

這些塵埃。別怕，人啊人
堅守自己，永遠詰問
手套、節日和別的人

9

哦，偉大的求愛，哦，我未來的
情侶，我可以用我的道路來
表示嗎？你在我的道上
遠方在你的呼吸下輕顫
但是道路不會消逝，消逝的
是東西；但東西不會消逝
消逝的是我們；但我們不會
消逝，正如塵埃不會消逝
別怕，我們不會消逝
但我們必須在道上，並且
出去……
哦，望遠鏡，迷醉的望遠鏡
它高喊：那是你嗎，未來的愛人？
你的睫毛多麼修長
你的臂膊迎風跳盪

那是你嗎，我的燕子？
道路銜在你的嘴裡
像飛翔的春天銜著種子
東西啊，哪裡不是家呢？

10

但這一切還遠遠不夠。東西
並沒有動。正面或反面。
唯一的或許是信仰：
瞧，愛的身後來了信仰
正如冬天裡來了一場雪
上帝說：「摩西，親愛的孩子
你在幹什麼？」摩西答道：
「我在看，在問，在準備著。」
父親啊，是時候了嗎？
我不巴望你神跡的證明
因為我相信。我——相——信。
請引領我們走出
荒原和荊棘

眼鏡店 ①

陷入咽喉的古老夏天

走廊盡頭，祖國窈窕的拖鞋

舐著火焰，虎紋和失眠

風暴席捲全球，勃起的阿拉伯

騎手，將失去通道的歷史

逼進偶然

誘引你走出的是誰的落髮？

在異香的暗室裡釀造夢魘

驗光大師，露出但丁的尾巴：

接近，偏差或貼切？

哪種道德將暗示給世界？

變種的向日葵驀然回首。搬遷

走廊的膻腥天使（他們的毫毛）

分明鼻腔中淌著腦液

注釋：
① 發表於《今天》1991年第二期。

合唱隊 ①

經緯線上溫暖的合唱隊

少女們浴後的舌頭

像魔術師憑空拋擲的玫瑰

獻給誰？獻給誰？

頭，頂起我靈魂的烙餅

小白揚推開我轟鳴的內熱

向上，都騎著你，像騎一個

定義；唉，艱難的形而上

隨手扔掉的一個便條

她們牽著我在宇宙邊

吃灰，呵，虛幻的牧場

星期三更換著指揮棒

而某種狼心狗肺的東西

呻吟著，共鳴著

將墜落的五月狠狠叼起

注釋：

①發表於《今天》1991年第二期。

海底的幸福夜 ① ——獻給曼捷斯塔姆

糞便般被排出被歸還

惡鯊的口哨中

我們轉眼又佩戴七

前生的形象

盈盈月夜的萬物之約

別忘了我倆

我們再次請求生吞活剝

為了成仙

時代只是一句傷心話

匍匐在上帝的左耳邊

膝蓋粉碎，鼻尖暈眩

我們果真在承擔著我們？

莫斯科，這可是你星星的投影？

猛虎翩然一躍

我們嘴唇的最後姿態

保留了幾個詞彙的空洞

瑪麗婭，他們要把你的

頭髮指甲和雪

融進狐步舞和高腳杯

還有誰會來拯救

這些運來運去的桃子

帶著水、火，以春天的身份？
心的佈局，心的幾何
我們格格不入的夜之器官
厭惡各種方式的觸摸

注釋：
①發表於《今天》1991年第二期。

Heute ist wieder nichts, liebste, traurig.

——Kafka

卡夫卡致菲麗絲（十四行組詩）

1

我叫卡夫卡，如果您記得
我們是在M.B.家相遇的。
當您正在燈下瀏覽相冊，
一股異香襲進了我心底。
我奇怪的肺朝向您的手，
像孔雀開屏，乞求著讚美。
您的影在鋼琴架上顫抖，
朝向您的夜，我奇怪的肺。
像聖人一刻都離不開神，
我時刻惦著我的孔雀肺。
我替它打開血腥的籠子，
去啊，我說，去貼緊那顆心：
「我可否將您比作紅玫瑰？」
屋裡浮滿枝葉，屏息注視。

2

布拉格的雪夜，從交叉的小巷
跑過小偷地下黨以及失眠者。
大地豎起耳朵，風中楊柳轉向，
火災蕭瑟？不，那可是神的使者。
他們堅持說來的是一位天使，
灰色的雨衣，凍得淌著鼻血
他們說他不是那麼可怕，佇止
在電話亭旁，斜睨漫天的電線，
傷心的樣子，人們都想走近他，
摸他。但是，誰這樣想，誰就失去
了他。劇烈的狗吠打開了灌木。
一條路閃光。他的背影真高大。
我聽見他打開地下室的酒櫥，
我真想哭。我的雙手凍得麻木。

3

致命的仍是突圍。那最高的是
鳥。在下面就意味著仰起頭顱。

哦，鳥！我們剛剛呼出你的名字，

你早成了別的，歌曲融滿道路，

像孩子嘴中的糖塊化成未來

的某一天。哦，怎樣的一天，出了

多少事。我看見一輛列車駛來

載著你的形象。菲麗絲，我的鳥

我永遠接不到你，鮮花已枯焦

因為我們迎接的永遠是虛幻——

上午背影在前，下午它又倒掛

身後。然而，什麼是虛幻？我祈禱。

小雨點硬著頭皮將食物敲響：

我們的突圍便是無盡的轉化。

4

夜啊，你總是還夠不上夜，

孤獨，你總是還不夠孤獨！

地下室裡我諦聽陰鬱的

橡樹（它將雷電吮得破碎）

而我，總是難將自己夠著，

時間啊，哪兒會有足夠的

梅花鹿，一邊跑一邊更多──
彷彿那消耗的只是風月
辦公樓的左邊，布穀鳥說：
活著，無非是緩慢的失血。
我真願什麼會把我載走，
載到一個沒有我的地方；
那些打字機，唱片和星球，
都在魔鬼的舌頭下旋翻。

5

什麼時候人們最清晰地看見
自己？是月夜，石頭心中的月夜。
凡是活動的，都從分裂的歲月
走向幽會。哦，一切全都是鏡子！
我寫作。蜘蛛嗅嗅月亮的腥味。
文字醒來，拎著裙裾，朝向彼此，
並在地板上憂心忡忡地起舞。
真不知它們是上帝的兒女，或
從屬魔鬼的勢力。我真想哭。
有什麼突然摔碎，它們便隱去

隱回事物裡，現在只留在陰影
對峙著那些仍然朗響的沉寂。
菲麗絲，今天又沒有你的來信。
孤獨中我沉吟著奇妙的自己。

6

閱讀就是謀殺；我不喜歡
孤獨的人讀我，那灼急的
呼吸令我生厭；他們揪起
書，就像揪起自己的器官。
這滾燙的夜啊，遍地苦痛。
他們用我喝斥勃起的花，
叫神雞零狗無言以答，
叫面目可憎者無地自容，
自己卻溜達在妓院藥店，
跟不男不女的人們周旋，
諷刺一番暴君，談談凶年；
天上的星星高喊：「燒掉我！」
布拉格的水喊：「給我智者。」
墓碑沉默：讀我就是殺我。

7

突然的散步：那驅策著我的血，
比夜更暗一點：血，戴上夜禮帽，
披上發腥的外衣，朝向那外面，
那些遨遊的小生物。燈像惡梟；
別怕，這是夜，陌生的事物進入
我們，鑄造我們。枯蛾緊揪著光，
作最後的禱告。生死突然交觸，
我聽見蛾們迷醉的舌頭品嚐
某個無限的開闊。突然的散步，
它們輕呼：「向這邊，向這邊，不左
不右，非前非後，而是這邊，怕不？」
只要不怕，你就是天使。快鬆開
自己，扔在路旁，更純粹地向前。
別怕，這是風。銘記這好大天籟。

8

很快就是秋天，而很快我就要
用另一種語言做夢；打開手掌，

打開樹的盒子，打開鋸屑之腰，
世界突然顯現。這是她的落葉，
像棋子，被那棋手的胸懷照亮。
它們等在橋頭路畔，時而挪前
一點，時而退縮，時而旋翻，總將
自己排成圖案。可別亂碰它們，
它們的生存永遠在家中度過；
採煤礦的孩子從霜結的房門
走出，望著光亮，臉上一片困惑。
列車載著溫暖在大地上顫抖，
孩子被甩出車尾，和他的木桶，
像迸脫出圖案。人類沒有棋手……

9

人長久地注視它那麼，它
是什麼？它是神，那麼，神
是否就是它？若它就是神，
那麼神便遠遠還不是它；
像光明稀釋於光的本身，
那個它，以神的身份顯現，

已經太薄弱，太苦，太侷限。
它是神：怎樣的一個過程！
世界顯現於一棵菩提樹，
而只有樹本身知道自己
來得太遠，太深，太特殊；
從翠密的葉間望見古堡，
我們這些必死的，矛盾的
測量員，最好是遠遠逃掉。

傘

多少詞

多少詞，將於我終身絕緣

多少影子我不能騎進冬天

我這輩子大概不會落草為寇

但難說。那天我到峰頂吹冷風

其實是想踮足摸摸風箏跳盪的心

我孤絕。有一次跟自己對弈

不一會兒我就瘋了。我願是

潛艇裡閒置得憋氣的望遠鏡

別人死後我寧可做那個擺渡人

在某處，最深最深，山川如故

那該是幾維空間，該有怎樣的

炊煙嬝娜於我的眉髮間？祖國，

遠方，你瞧，一隻螳螂在趕貼標語

死人中也包括那曾在慢鏡頭裡

喊不出聲的

球門員。吹熄生日蠟燭的那當兒

有人說：「送你一個處女跳的芭蕾舞」

傘。在角隅，被薄膜裹緊一直未
開封。這兒，這烏有之鄉，該有一片雨景
撐開吧。生活啊，快遞給我的手

1992

夜半的麵包

十月已過，我並沒有發瘋

窗外的迷霧嬰兒般滾動

我一生等待的唯一結果

未露端倪。如果我是寂靜

那麼隔著外套，麵包也會來吃我

是誰派遣了這麵包

那少年是我，把自行車顛倒在地

當他的手死命地搖轉腳蹬

我便大吃那飛輪如水的肌肉

是誰派遣了災難，派遣了辯證法

事物雞零狗碎的上空

死人的眼睛含滿棉花

我會吃自己，如果我是沉默

1992

祖國叢書

那溢滿又跑下的，那不是酒

那還不是櫻桃核，吐出後比死人更多掛一點肉

井底的小男孩，人們還在打撈

直到夜半，直到窒息，才從雲嘴落地的

那只空酒瓶，還不是破碎

人類還容忍我穿過大廳

穿過打字機色情的沉默

那被拼寫的還不是

安裝在水面又被手打腫的

月亮的臉；船長啊你的壞女人

還沒有打開水之窗。而我開始舔了

我舔著空氣中明淨的衣裳

我舔著被書頁兩腳夾緊的錦緞的

小飄帶；直到舔交換成被舔

我寧願終身被舔而不願去生活

1992

哀歌

一封信打開有人說

天已涼

另一封信打開

是空的，是空的

卻比世界沉重

一封信打開

有人說他在登高放歌

有人說，不，即便死了

那土豆裡活著的慣性

還會長出小手呢

另一封信打開

你熟睡如橘

但有人剝開你的吃落後說

他摸到了另一個你

另一封信打開

他們都在大笑

周身之物皆暴笑不已

一封信打開

行雲流水在戶外猖獗

一封信打開

我咀嚼著某些黑暗

另一封信打開
皓月當空
另一封信打開後喊
死，是一件真事情

1992

地鐵豎琴

要麼讓我們停在半路，兩邊都
不見光，餐車的刀叉鬼乒乓亂響
要麼讓我走出地面
行屍走肉在電動轉梯上
我，還是你的新郎。年近三十
食指拼命發胖。我的兜裡
揣著一隻醉醺醺的獼猴桃
我，人的一員，比火焰更神秘
十年以後從遠方走出地面
踅到一張哆嗦的桌前給你寫
情書。加州八點鐘的女式上裝
加點糖的陽光舔著你發青的眼圈
你走出地面，當我移開花瓶
進化之影黏著紅紅綠綠面具的
腳後跟。晚鐘迴盪，躺在一杯
碰翻的牛奶裡：呵，豎琴
牛奶的豎琴它朝大地繃緊了
弦，當我空坐床頭，我彷彿
摸到了那馳向你途中的火車頭
它怪獸般彈奏著隔絕的真實

護身符 ①

如果你真願佩戴

它就是護身符

它撲朔迷離，它會從

那機器創出的小小木葫蘆

以檀香油的方式

越獄似地打出一拳

「不」這個詞，掛在樹上

如果你願意

「不」也會流淚，鱷魚一樣

護身符的某日啊

月亮正分娩月亮

凌駕於一切表達之上

樹在落髮

抽屜打開如舌頭

如果你願意，護身符便是那

疼得鑽進你腦袋中的

燈泡，它阿諛世上的黑暗

燈的普照下，一切恍若來世

寬恕了自己還不是自己

寬恕了所竊據位置的空洞

「不」這個詞，馱走了你的肉體

「不」這個護身符，左右開弓
你躬身去解鞋帶的死結
你掩耳盜鈴。曠野——
不！不！不！

注釋：
①根據詩人陳東東和柏樺保留的版本，本詩題目和詩中
　「護身符」一詞都為「吉祥物」，1998年文化藝術出
　版社出版的《春秋來信》中題為「護身符」，標注創
　作事件為1992年。

藍色日記

咬痛旅店的第八隻獅毛狗，

揣著酸心刺骨的鑰匙通過了；

夜，再不肯餵養我倆。

我們，停下。

四處演說的肺，停下。

星星，那些可以共眠的火焰，照亮帝國中老相的嬰孩。

手，繼續挖天空。

當他找到你呼吸的床，

也停下。停下，就是我們唯一的地址。

黎明的晨班車也通過了，

而我們還在等著我們。

白晝的另一端，如雲的醉漢

突然放歌。

1992

那天清晨

那天清晨，我醒在

一個顯得生疏的體態邊──

寒光中人會這樣夢著

暴死後瞳孔黏住的兇手還這樣夢著。

我沒有聽見花瓣騎著死鈴鐺飛跑。

我把鬧鐘牛奶般飲下不致尖叫你。

那個熟睡得溢滿室內的你。

你沒有夢見烏托邦騎著領帶飛跑。

我右手偏愛的中指，

塞進你的陰道挖那個名叫

情人的你。那個

萬古不朽的

左撇子的你。

你吐露舌頭，惺忪地。然後

你流淚。這凹凸的世界。

我攀登你的淚水離開了我或你。

我聽見性命昂貴地騎著寫作的

大神秘飛跑。

然後你再睡。你入迷地夢見又夢見

人的夢像人的小拇指甲那樣

沒有前途。

1993.1

入夜

那豎立的，馳向永恆

花朵抬頭注目空難

我深入大雪的俱樂部

靠著冷眼之牆打個倒立

童年的玩意兒譁然瀉地

橫著的仍爛醉不醒

當指南針給遠方餵藥

森林裡的回聲猿人般站起

空虛的駝背掀揭日曆

物質之影，人們吹拉彈唱

愉悅的列車編織絲綢

突然，那棵一直在葉子落成的託盤裡

吞服自身的樹，活了，那棵

曾被發情的馬磨擦得凌亂的大樹

它解開大地骯髒的神經

它將我皓月般高高摟起

樹的耳語果真是這樣的：

神秘的人，神秘的人

我不知道你是誰，但我深知

你是你而不會是另一個

1993

今年的雲雀

但最末一根食指獨立於手

但葉子找不到樹

但乾涸的不是田野中的樂器

總之它們不是運載信息

這是一支空白練習曲

「首先是敲，如盲人悽惶於生門前

但不似藥片的那種敲

因為不屑於吻合

不吻合於某種臆想

不以融解你我為最佳理想

敲，但敲只敲那種形象

你打開自己還是自己

暫打開後還是短暫

敲是回家？

但家不該含有羞怯和尷尬

但家應該是這兒，這兒

隨喊隨開。敲。

然後誰也猜不透

你這雲雀葬身何方。我站起

我摸到快結霜的天氣裡

無邊無限的牆

我給它的空空如也戴上一副墨鏡
彷彿是隨手畫到一張白紙上
紅色單薄的墨鏡表示尋人
而迷途的人兒拾到一隻死鳥

1993

空白練習曲（組詩）ETUDES DU NEANT

1

掉落在地上的東西無始亦無終。
合唱的空難，追憶將如何埋葬
那只齧吃氣候零件的猩紅狐狸？
天色如晦。你，無法駕駛的否定。
可大地仍是宇宙嬌嬈而失手的鏡子。
拉近某一點，它會映照你形骸的
三葉草，和同一道路中的另一條。
從來沒有地方，沒有風，只有變遷
棲居空間。沒有手啊，只有餘溫。
這就是花果墜地的寓言。分幣
如此，皮球折服，生靈跪在警告中。
誰，在空曠的自然滾動一隻廢輪胎？

2

一面從天國開來一面又隸屬人間──
救火隊，一驚一咋，翻騰於瓦頂。
火焰，揚棄之榜樣，本身清涼如水，
假道於那些可握手言歡的品質間，

如燒綠皮毛的眾相一無所知。那年
你屬虎，還是颶風的母親消閒的
拋入弧形的瓜子。父親，白胖胖地
勃起，飛鳴在無頭濃煙中找笛子，
跨騎參考消息，口銜文房四寶，
在你出世的那瞬展示長幅手跡：
「做人——尷尬，漏洞百出。累累……」
然後暴雨突降，滿溢著，大師一般。

3

「我有多少不連貫，我就會有
多少天分。我，啄木鳥，我
聞所聞而來，見所見而去。
生蟲兒在正面看見我是反面。
逃脫就等於興高采烈。
大男孩亮出隱私比孤獨。
我啊我呀，總站在某個外面。
從裡面可望見我齜牙咧嘴。
我啊我呀，無中生有的比喻。
只有連擊空白我才彷彿是我。

我有多少工作，我就有多少
幻覺。請叫我準時顯現。」

4

修竹耳畔的神情，青翠叮嚀的
格物入門。凌亂是某種恨，人
假寐在其側。從滿室的舊時代
剪下一朵花之皓首。勳章失眠者
你吐納汪洋深處千萬種遨遊
卻無水可攀援。假定沒有神，
怒馬就只是人的姿態的幫兇。
那影子護士來了，那噴泉般的
左撇子，她擺佈又擺佈，叫
食物濕滑地脫軌，暢美不可言。
人睡醒，是多風的黎明，她那
納粹先生遞來幽會不帶鑰匙。

5

涼水上漂泊船帆，不可理喻。
穩坐波心的官員盼著上岸騎鶴。
是的，是那碘酒小姐說你還
活著；說你太南方地垂淚窮途，
將如花的暗號鑲刻在幼木身上，
不群居，不侶行，清香遠播。
碼頭上粗聲吆喝小蔥拌豆腐，
沒心肝的少白頭，進補薄荷，
這下流的國度自詡方方正正。
雨傘下顫嫋的鑰匙打開了一匹
神麟。如何不入羅網？晚晴說：
讓我疼成你，你呢，隱身於我。

6

少於，少於外面那深邈的嬉戲，
人便把委婉的露天捉進室內
如螢火蟲。空白引領烏合的目光
入座，圍攏這只准許平面的場所：

可以顧盼，可以驚歎失色，活著
獨白：我是我的一對花樣滑冰者
輕月虛照著體內的荊棘之途：
那女的，表達的急先鋒，脫身於
身畔的偉構，洋媚，反目又返回
擲落的紅飄巾暗示的他方世界。
那男的，拾起這非人的輕盈，亮相
滑向那無法取消虛無的最終造型。

7

你頭裏白頭巾敲起爵士鼓，
我跪著爬回被你煎糊的昨天。
荷包蛋在托盤，頭顱發瘋。
我的乾涸不在乎你是否起舞。
林間空地還閒置著那只燈籠，它
火紅的中心靜坐著你，我生動的
啞妹，你的雨後小照撕碎在地，
響尾蛇的二維目光無法盤纏。
舊日情書被冷風驅趕如喪家犬。
從圖書館走出，你胖熊的舌頭

開竅於葉苗間。你坐立不安，
在長椅下尋找手帕，髮夾，表達。

8

要麼是天空深處的一個黃色諾言，
要麼是自由，遠離了暮色的鐵軌，
或鎖，走動，或一杯涼水放下的肉慾——
紅蘋果，紅蘋果。人把你從樹上
心心相印的妯娌中摘下，來比喻
生人投影與生人，無限循環相遇；
給你命名就是集全體於一身，雖然
有人從郊外假面舞會歸來，打開
冰箱，只見寒燈照徹呻吟的空洞；
內心的花燭夜，我和你久久對坐，
紅蘋果，紅蘋果，呼喚使你開懷：
那從未被說出過的，得說出來。

9

我在大雪中洗著身子，洗著，
我的屍體為我鑽木取火。
少年號手，從呼嘯於凍指中的
十輛威士忌車上跳下，
吹奏，吹奏一隻驚魂的紫貂：
短暫啊難忍如一滴熱淚。
高壓電站，此刻無人看管，
它棕瓷色的骨骼變得皎潔，
被雲杉連環的冰凌映照，被
銅號催促，溶進這鍋沸水；
我在大雪中洗著身子，洗著，
大地啊收斂不散的萬物。

10

茉莉花香與汽笛的嗚呼哀哉，誰是
誰非？詩人，車站成了你的芳鄰。
倚窗望，生活的淚珠兒可東可西。
幸虧有遠方，那枕下油膩的黑乳罩

才自焚未遂，玉碎放棄了每張容顏。

一顆新破的橙子味你打開睡眠。

除了長鳴不再有婉轉來流產你的

晨夢。都在你耳鳴之梯攀沿啊，詩人，

你命定要躺著，像橋，像碰翻的

碘酒小姐，而詩

彷彿就是你。你的肺腑和瘋指

與神遊的列車難辨雌雄。幸虧有

遠方啊，愛人，捧托起了天災人禍。

1993

一個詩人的正午

1

在此起彼伏的靜物中發燒畏寒，
我吸緊殘燭，是萬有引力的好棋手。
立體波段中，播音員翩然登基，
他的影子在預告一朵中世紀的雲，
那下面，我是詭譎櫓艦上的苦役。

2

昨夜那風格的袖子被我吹斷，
藏著針腳兒，無形的手在繰花邊，
夢的桌面翹棱。千年的啤酒沫
回旋，回旋在失血詞彙的遊樂場
花開花落，宇宙脆響著誰的口令？

3

雲卷雲舒，有人在叩問新的地皮。

蛇行在腳手架上的美容師們
用螺絲槍勾勒那人面桃花之家。
我已倦於寫作，你已倦於遲睡。
黃鶴沿著琴鍵，苦練時代的情調。

4

狼來了，它是全城天線的朋友，
它有術在最小的雨滴中藏身。
打火機扭著狐步：一場格鬥。
當播音員大吼一聲臥倒，我瞥見
空中的傘球上寫著：新婚燕爾。

5

死者的微調摸索我：好一個正午！
跛足的空白爺拎著鳥籠，打前庭走近，
精密的金光菊是他萬能的鑰匙。

我遞出我的申請：一個地方，一個遙遠的
收聽者：他正用小刀剔清那不潔的千層音。

1993

孤獨的貓眼之歌

孤獨的貓眼之歌，唱得

縱橫的金屬發酥，嘔吐

唱得傾聽者叮咚，讓他虔誠地把自己

把玩；神啊，呵氣的神

請停下你的王牌軍

請停下你的樹，量體裁衣的手

請停下下你的不怕蘑菇的嬰兒

虔誠的雪還會下

火速運來運去的橙子，誰來拯救？

孤獨的貓眼之歌

傾聽者內心玉砌的食物

坐在一個隨便冒出的尖尖上

釣著一個乒乓作響的絕壁

誘餌吐出舌頭

貓眼倒映了傾聽者的食指

燈的普照下一切都像來世

呵氣的神啊，這裡已經是來世

到處摸不到灰塵

貓的終結

忍受遙遠，獨特和不屈，貓死去，

各地的晚風如釋重負。

這時一對舊情侶正扮演陌生，

這時有人正口述江南，紅肥綠瘦。

貓會死，可現實一望無限，

貓之來世，在眼前，展開，恰如這世界。

貓太鹹了，不可能變成

耳鳴天氣裡發甜的虎。

我因空腹飲濃茶而全身發抖。

如果我提問，必將也是某種表達。

1993

海底被囚的魔王

一百年後我又等待一千年；幾千年
過去了，海面仍漂泛我無力的諾言
帆船更換了姿態駛向惆悵的海岸
飛鳥一代代衰老了，返回不死的太陽
人的屍首如邪惡的珠寶盤旋下沉
烏賊魚優哉游哉，夢著陸地上的明燈
這海底好比一隻古代的鼻子
天天嗅著那囚得我變形了的瓶子
看看我的世界吧，這些剪紙，這些貼花
懶洋洋的假東西；哦，讓我死吧！
有一天大海晴朗地上下打開，我讀到
那個像我的漁夫，我便朝我傾身走來

希爾多夫村的憂鬱

小酒吧的窗口風車張牙舞爪。
我在何方？星期一的童話，水
向木蜿蜒。戴花頭巾的婦女牽著
兒童，準時趕到長途車站。
帶鄉音的電話亭。透過它的玻璃
望著啄木鳥掀翻西紅柿地。
暗綠的山坡上一具拖拉機的
殘骸。世紀末失聲啜泣。
幾天來我注意到你的反常，
嘴角留著烏雲的滋味——
越是急於整理凌亂，
東西就越傾向於破碎。

望遠鏡

我們的望遠鏡像五月的一支歌謠

鮮花般的謳歌你走來時的靜寂

它看見世界把自己縮小又縮小，並將

距離化成一片晚風，夜鶯的一點淚滴

它看見生命多麼浩大，呵，不，它是聞到了

這一切；迷途的玫瑰正找回來

像你一樣奔赴幽會；歲月正脫離

一部痛苦的書，並把自己交給瀏亮的雨後的

長笛；呵，快一點，再快一點，越阡度陌

不再被別的什麼耽延；讓它更緊張地

聞著，囈語著你浴後的耳環髮鬢

請讓水抵達天堂，飛鳴的箭不再自已

啊，無窮的山水，你腕上羞怯的脈搏

神的望遠鏡像玉月的一支歌謠

看見我們更清晰，更集中，永遠是孩子

神的望遠鏡還聽見我們海誓山盟

祖父

鳴蟬的腳踏車尾夾緊幾副秘方，
門虛掩著，我寫作的某個午晌。
祖父淚滴的拳頭最後一次鬆開——
紙條落空：明天會特別疼痛；
因為脫臼者是無力回天的，
逝者也無需大地‧幽靈用電熱絲發明著
沸騰，嗲聲嗲氣的歡迎，對這
生的，冷的人境唱喏對不起；
南風的腳踏車聞著有遠人的氣息，
桐影多姿‧青鳳啄食吐香的珠粒；
搖響車鈴的剎那間，尾隨的廣場
突然升空，芸芸眾生驚呼，他們
第一次在右上方看見微茫的自身
脫落原地，口中哇吐幾只悖論的
風箏。隔著晴朗，祖父身穿中山裝
降落，字跡的對晰度無限放大，
他回到身外一只缺口的碗裡，用
鹽的滋味責怪我：寫，不及讀；
訣別之際，不如去那片桃花潭水
踏岸而歌，像汪倫，他的新知己；
讀，遠非做，但讀懂了你也就做了。

你果真做了，上下四方因迷狂的
節拍而溫暖和開闊．你就寫了；
然後便是臨風騁望，像汪倫。寫，
為了那繚繞於人的種種告別。

1994

而立之年

一邊哭泣一邊幹著眼下的活兒

自由，燕子一般，離開了鐵錘

我的十根手指納悶地伸向土地的盡頭

聆聽。是甚麼聲音呀，找著，找著

一種旋律，一塊可以藏身伏虎的大圓石

一個跡象，一柄快劍，讓我學習忍受自己

雨意正濃，前人手捧一把山茱萸在峰頂走動

他向我演繹一條花蛇，一技之長，皮可不存

關鍵有脫落後的盈腋，鳴響滄海桑田的可能

歌者必憂；槐樹下，西風和晚餐邊一台凋敗的水泵

在那裡，刺繡出深情的母龍的身體

要走多少路，人才能看見桌上的一隻

鱷梨啊？周圍是

一杯紅酒，一顆止痛片，口琴，落扣，英雄牌

金筆，它們都偎著我樸素的中年取暖

我身上的逝者談到下一次愛情時

試探地將兩把亮匙貼臥在一起，頭靠緊頭

是什麼聲音呢，啞默地躲在

日常之神的磁場裡？

燕子自由地離開鐵錘

外面正越縮越小，直到雷電中最末一個郵遞員

呐喊著我的名字奔來,再也不能轉身出去

玻璃窗上的裂縫

鋪開一條幽深的地鐵,我乘著它駛向神跡,或

中途換車,上升到城市空虛的中心,狂歡節

正熱鬧開來:我呀我呀連同糟糕的我呀

拋撒,傾斜,蹦跳,非花非霧。高腳杯突然

摔碎,它裡面的那匹駿馬戛止

如一絡高貴香水

於黑暗中循循誘動

我禱告的筆正等著我志在四方的真實兒女,而

一種對公社秧苗的

不祥預感

一種談心,無法踐約的

在我之外,如一個潛旱冰的

小阿飛

委蛇而來。

1994

死囚與道路

從京都到荒莽，

海闊天空，而我的頭

被鎖在長枷裡，我的聲音

五花大綁，阡陌風鈴花，

吐露出死

給修行的行走者加冕的

某種含義；

我走著，難免一死，這可

不是政治。渴了，我就

勾勒出一個小小林仙：

蹦跳的雙乳，鮮嫩的陌生，

跑過未名的水流，

而刀片般的小鹿，

正克制清蔭脆影；

如果我失眠，

我就唯美地假想

我正睡著睡，

沉甸甸地；

如果我怕，如果我怕，

我就想當然地以為

我已經死了，我

死掉了死，並且還

帶走了那正被我看見的一切：

褪色風景的普羅情調，

酒樓，輪渡，翡翠鳥，

幾個外省的魚米鄉，

幾個邋遢地搓著麻將的妓女，

兒子像爛襪子被人撇棄在

人之外的猛虎

和遠處的一只塔影，

更遠一點，是那小小林仙，

玲瓏的，悠揚的，可呼其乳名的

小媽媽，她的世界飄香

像大家一樣，

一個赴死者的夢，

一個人外人的夢，

是不純的，像純詩一樣。

1994

跟茨維塔伊娃的對話（十四行組詩）

Cest un chinoise, ce sera lang.

——Tsvetaeva

1

親熱的黑眼睛對你露出微笑，
我向你兜售一隻繡花荷包，
翠青的表面，鳳凰多麼小巧，
金絲絨繡著一個「喜」字的吉兆──
兩個？NET，兩個半法郎。你看，
半個之差會帶來一個壞韻，
像我們走出人行道，分行路畔
你再聽不懂我的南方口音；
等紅綠燈變成一個綠色幽人，
你繼續向左，我呢，蹀躞向右。
不是我，卻突然像我，某人
頭髮飛逝向你跑來，舉著手，
某種東西，不是花，卻花一樣
遞到你悄聲細語的劇院包廂。

2

我天天夢見萬古愁。白雲悠悠，
瑪琳娜，你煮沸一壺私人咖啡，
方糖迢遞地在藍色近視外愧疚
如一個僮僕。他嚮往大是大非。
詩，幹著活兒，如手藝，其結果
是一件件靜物，對稱於人之境，
或許可用？但其分寸不會超過
兩端影子戀愛的括弧。圓手鏡
亦能詩，如果誰願意，可他得
防備它錯亂右翼和左邊的習慣，
兩個正面相對，翻臉反目，而
紅與白因「不」字決鬥；人，迷惘，
照鏡，革命的僮僕從原路返回；
砸碎，人兀然空蕩，咖啡驚墜……

3

……我照舊將頭埋進空杯裡面；

你完蛋了，未來一邊找葬禮服，

一邊用繃緊的零碎打發下午，

俄羅斯完蛋了——黑白時代的底片，

男低音：您早，清脆的高中生：

啊——走吧——進來呀——哭就哭——好嗎？

尊稱的面具舞會，代詞後顫「R」

馬達般轉動著密約樺林和紅吻。

巴黎夜完蛋了，我落座一柄陽傘下

張望和工作。人在搭構新書庫，

四邊是四座象徵經典的高樓，

中間鑲嵌花園和玻璃閱讀架。

人，完蛋了，如果詞的傳誦，

不像蝴蝶，將花的血脈震悚

4

我們的睫毛，為何在異鄉跳躍？

慌惑，潰散，難以投入形象。

母語之舟撤棄在汪洋的邊界，

登岸，我徒步在我之外，信箱

打開如特洛伊木馬，空白之詞
蜂擁，給清晨蒙上蕭殺的寒霜；
陌生，在煤氣灶台舞動蛇腰子，
流亡的殘月散發你月經的辛酸，
媽媽，卡珊德拉，專業的預言家，
他們逼著你的側影吸外國煙，
而陽光，仍舒展它最糟糕的懲罰：
鳥越精確，人越不當真，雖然
火中的一頁紙咿呀，颼颼消失，
真相之魂夭逃——灰燼即歷史。

5

陽光偶而也會是一隻狼，遍地
轉悠，影子含著回憶的橄欖核，
那是神，叫你的嘴回味他色情的
津沫，讓你失靈，預言之盒
無力裝運行屍走肉，沐浴在
這被耀眼的盲目所統轄的沙灘。
看見即說出，而說出正是大海，
此刻的。圓。看見羊癲瘋。看。

生活，在哪？「赫克托，我看見你
坐著一萬雙眼睛裡抽泣，發愣」——
你站在這，但屍體早發白。等你
再回到外面，英雄早隱身，只剩
非人和可樂瓶，圍觀肌肉的健美賽，
龍蝦般生猛的零件，凸現出未來。

6

櫻桃，紅豔豔的，像在等誰歸來。
某種東西，我想去取。下午，
我坐著坐著就睡了，耳朵也倦怠，
我答應去外地取回一本俄文書。
你坐在你散髮裡，雲雀是帽子。
筆，因尋找而溫暖。遠方，來客。
夢寐之中，你的手滴落著斷指，
我想去取：人，銅號，和火車；
櫻桃，紅豔豔的，等的純粹邏輯，
我心跳地估算自己所剩的時光；
沒有你，祖國之窗多空虛。呼吸，
我去取，生詞像鱒魚領你還鄉；

你去取，門鎖裡小無賴哇吐靜電──
痛，但合唱驚警地凌空，絕緣。

7

你回到莫斯科，碰了個冷釘子，
而生活的踉蹌正是詩歌的踉蹌。
除夕夜，烏鴉的兒女衣冠楚楚地
等鐘聲，而時間壞了，只好四散。
帶擔架的風景裡躺著那總機員，
作協的電話空響：現實又遲到，
這人死了，那人瘋了，抱怨，
抱怨的長腳蚊搖響空襲警報。
完美啊完美，你總是忍受一個
既短暫又字正腔圓的頂頭上司，
一個句讀的哈巴兒，一會說這
長了點兒，一會說你思想還幼稚，
樓頂的同行，事後報火，他們
跛足來賀，來嚶嚶你死的閉門羹。

8

Wenn Du wirdlich mich sechen willst, so musst Du
handeln!

———Tsvetaeva an Rilke

東方既白，靜電的一幕正收場：
倆知音一左一右，亦人亦鬼，
談心的橘子蕩漾著言說的芬芳，
深處是愛，恬靜和肉體的玫瑰。
手藝是觸摸，無論你隔得多遠；
你的住址名叫不可能的可能——
你輕輕說著這些，當我祈願
在晨風中送你到你焚燒的家門：
詞，不是物，這點必須搞清楚，
因為首先得生活有趣的生活，
像此刻——木蘭花盎然獨立，傾訴，
警報解除，如情人的髮絲飄落。
東方既白，你在你名字裡失蹤，
植樹的眾鳥齊唱：注意天空。

9

人周圍的事物，人並不能解釋；
為何可見的刀片會奪走魂靈？
兩者有何關係？繩索，鵝卵石，
自己，每件小東西，皆能索命，
人造的世界，是個純粹的敵人，
空缺的花影憤怒地喝采四壁，
使你害怕，我常常想，不是人
更不是你本身，勾銷了你的形體；
而是這些彈簧般的物品，竄出，
整個封殺了眼睛的居所，逼迫
你喊：外面啊外面，總在別處！
甚至死也只是銜接了這場漂泊。
無根的電梯，誰上下玩弄著按鈕？
我最怕自己是自己唯一的出口。

10

我摘下眼睛，我願是聾啞人的翻譯——
宇宙的孩子們，大廳正鴉雀無聲：

空氣朗讀著這首詩，它的含義
被手勢的蝴蝶催促開花的可能。
真實的底蘊是那虛構的另一個，
他不在此地，這月亮的對應者，
不在鄉間酒吧，像現在沒有我——
一杯酒被匿名地啜飲著，而景色
的格局竟為之一變。滿載著時空，
飲酒者過橋，他愕然回望自己
仍滯留對岸，滿口吟哦。某種
悲天憫人的情懷，和變革之計
使他的步伐配製出世界的輕盈。
大人先生，你瞧，遍地的月影……

11

……是的，大人，月亮撲面而起，
四望皎然，峰頂緊貼著您腮鬢：
下面，城南的路燈吐露香皂氣，
生活的她夜半淋浴，雙眼閉緊，
窗紗呢喃手影，她洗髮如祈禱，
回身隱入黑暗，冰箱亮開一下；

永恆像野貓，廣告美男子踅到
彗星外，冰淇淋天空滿是俏皮話……
……夜鶯啊正在別處，是的，您瞧，
沒在彈鋼琴的人，也在彈奏，
無家可歸的人，總是在回家：
不多不少，正好應合了萬古愁——
呵大人，告訴我，為何沒有的桂樹
捲入心思，振奮了夜的秩序？

12

九月，果真會有一場告別？
你的目光，擺設某個新室內：
小銅像這樣，轉椅那樣，落葉，
這清涼宇宙的女友，無畏：
對嗎，對嗎？睫毛的合唱追問，
此刻各自的位置，真的對嗎？
王，掉落在棋局之外；西風
將雲朵的銀行廣場吹到窗下：
正午，各自的人，來到快餐亭，
手指朝著口描繪麵包的通道；

對嗎，詩這樣，流浪漢手風琴
那樣？豐收的喀秋莎把我引到
我正在的地點：全世界的腳步，
暫停！對嗎？該怎樣說：「不」！？

1994

紐約夜眺

I will go to the bank by the wood

and become disguised and naked.

——W. Whitman

手捧鱒魚攀登暗夜

紐約好比紐約，垂掛於

一滴熱淚，飄向深淵

星相的心跳蟑螂般竄動

脂肪中的防盜鎖沿途

播種耳朵，寶石，逃脫

和你；挽著你的紐約王

你漫步在第五大道上

幽魂車隊遞來迷迭香

有關體態之痛的故事

全部屈服於眼影深處

但是，有甚麼比成功更

色情的呢？夜空飄來

一朵彩雲，來自永恆的

偶而安慰，看不見的你

和闕如的紐約王走著

未來酒吧鍍金的內部

男女蝙蝠般吮吸著明鏡

你用打火機找來火焰的

一朵，侍者之水鞠躬

歷史的煙頭一時找不著

左邊或右邊，便隨手彈進

第三世界的煙灰缸裡

半個情人餘音嫋嫋

吻另半個，西維婭‧普拉斯

她多麼驕傲地憎恨赤裸

整體好比一顆生洋蔥

剝到中心，只見哭泣的皮

分解成旋轉門，殺手路過

你難以脫身，像世界穿著

地鐵的內褲停也停步下來

死神，這鉻鋼的剪票員

下流地擋路，一個接一個

手捧鱒魚走進暗夜

你追蹤你最知心的密友

一個有著易性癖的多夢者──

磁鐵的舞妹，諾言的蒙娜麗莎，

臉上蕩漾著悠遠的神情

身上，帝國客觀的粘黏物

被她舞落，飛濺於烏有鄉

異想天開的身份之謎

神經裡經營著燈紅酒綠

她怎能覺察你這娉婷的

解放者，進來，露天消失

零星的外面拋賞給自殺者

他下墜，仿真，下落不明

或無恙，被大拇指，遙控器上

的癮君子劫向圖片的海綿墊

電視機，倖免者思想的批發站

裡面那副Tarot撲克

正一一亮牌，請人認領

換牌：一個教師模樣的

尷尬人，正預言似的突破

那法語字謎：魚，Poisson

「若漏掉當中的一個S

就成了毒品」，紐約王心想，

「怪不得巴黎人吃魚考究」

「我這就去那蔥蘢的堤岸

去那兒袒露體魄和真容」

但世界能否好轉？可能的
惠特曼，哼著這自己之歌
駕駛幽靈中最短暫的出租車
運著幾個落魄的衛星人
從布魯克林大橋上經過——
烏雲正給男式摩天大樓
戴上呢帽，天使們擦窗
從布魯克林大橋上經過——
後視鏡看見你七竅出血
被幾個黑影長久地，必然地
毆打著。你站著，平靜地注視
哪兒，哪兒是我的繆斯啊？
愛著，忍著，問著，我
手捧紅鱒魚深入暗夜
你口含一泓沁泉，開放了
雕像上空破曉的為什麼

1994

廚師

未來是一陣冷顫從體內搜刮
而過，翻倒的醋瓶滲透筋骨。
廚師推門，看見黃昏像一個小女孩，
正用舌尖四處摸找著燈的開關。
室內有著一個孔雀一樣的具體，
天花板上幾個氣球，還活著一種活：
廚師忍住突然。他把豆腐一分為二，
又切成小寸片，放進鼓掌的油鍋，
煎成金黃的雙面；
再換成另一個鍋，
煎香些許薑末肉泥和紅顏的豆瓣，
匯入豆腐；再添點黃酒味精清水，
令其被吸入內部而成為軟的奧秘；
現在，撒些青白蔥丁即可盛盤啦。
廚師因某個夢而發明瞭這個現實，
戶外大雪紛飛，在找著一個名字。
從他痛牙的深處，天空正慢慢地
把那小花裙抽走。
從近視鏡片，往事如精液向外溢出。
廚師極端地把
頭顱伸到窗外，菜譜凍成了一座橋，

通向死不相認的田野。他聽呀聽呀：
果真，有人在做這道菜，並把
這香噴噴的誘餌擺進暗夜的後院。
有兩聲「不」字奔走在時代的虛構中，
像兩個舌頭的小野獸，冒著熱氣
在冰封的河面，扭打成一團……

1995

骰子

六個平面，六面鏡子，
六個新娘，一個模樣。
六朵落花同時被整理，
十多隻乳房墜在腰際，
新娘坐下，虛無般委屈。
哪兒感覺雷雨是帷幕，
哪兒就有這樣的房間。
那兒，
那兒，時代總是重複這樣的絮語：
說，「沒有我」：
──好，沒有你。
不，說：「沒有你」：
──好，沒有我。

1995

祖國

已經夜半了，南方陰冷之香叫你
抱頭跪下來，幽藍滲透的空車廂停下
等信號，而新年還差幾分鐘才送你到站。
梅樹上你瞥見一窩燈火，嘰嘰喳喳的，
家與家之間，正用酒杯擺設多少個
環環相扣的圓圈。
你跳進郊野，泥濘在腳下叫你的綽號，
你連聲答應著，呵氣像一件件破陶器。
夜，漏著雪片，你眼睛不知該如何
看。真的空無一人嗎？
冷像一匹
銳亮的緞子被忍了十年的四周抖了出來，
傾瀉在田埂上命令你喝它。
突然，第一朵焰火
砰上了天，像美人兒
對你說好吧。
青春作伴，第二朵
更響。你呼嘯：「弟弟！弟弟！」──
天上的迴響變幻著佼佼者的髮型。
這是火車頭也吼了幾聲，一絡蒸氣托出
幾只盤子和蘋果，飛著飛著猛撲地，

穿你而過，揮著手帕，像祖父沒說完的話。

你猜那是說「回來啦，從小事做起吧。

乘警一驚，看見你野人般跳回車上來。

同行

節日，我聽到他罵我。

他右眼白牽著右下巴朝

右上方望去，並繼續罵我。

他吃著吃著麵又罵我。

他換上白襯衫，頭儘量伸出窗，

把一支跟晴天配套的鋼筆插進兜裡，

他要來見我。經過集市和田埂，

游泳池和胡桃樹。他怕迷路，

邊走邊把一大串鑰匙解下，

他一片片插在沿途對他有意義的點上。

風說他近了。我們坐下來談談。

他左眼中慢慢降下一丁點兒黑。

但已經遲了，因為

一個陌生人正溜進屋裡，又像

橡皮擦，溜出來也就擦掉了它；

還沿來路收拾了那些記號——

使黃昏得以降臨。我們還坐在這兒。

會不會有另一雙眼睛呢？

從背面看我有寧靜的背，微駝；

從正面看，我是坐著的燕子，
坐著翹著二郎腿的燕子。

1996

獻給C.R.的一片鑰匙

萬噸黑暗。我們回家，衣裳鼓滿西風。

書架上一杯水被阻隔。

隱身於浩淼，燕子

正瞄難千裡外一枚小分幣遷飛，

我們卻被鎖在屋外山影的記憶裡。

你的赤裸溢滿廊台，

四周，黑磁鐵之夜有如沉思者吸緊

空曠。鑰匙吮著世界。

一封誤投的航空信在你和我之間遞來遞去。

「大」，它低語，「大」，

火苗一跳：呵，信，無止境地長大，

它叮嚀我們住進裡面。

你大醉而哇吐，我琢磨著寫回信，

我的投影拎著兩片紙，彷彿

我在伸展我感激又畸形的翅翼。

1996

祖母

1

她的清晨，我在西邊正憋著午夜。

她起床，疊好被子，去堤岸練仙鶴拳。

迷霧的翅膀激盪，河像一根傲骨

於冰封中收斂起一切不可見的儀典。

「空」，她沖天一唳，「而不止是

肉身，貫滿了這些姿勢」；她驀地收功，

原型般凝定於一點，一個被發明的中心。

2

給那一切不可見的，注射一支共鳴劑，

以便地球上的窗戶一齊敞開。

以便我端坐不倦，眼睛湊近

顯微鏡，逼視一個細胞裡的眾說紛紜

和它的螺旋體，那裡面，誰正在頭戴礦燈，

一層層挖向莫名的盡頭。星星，

太空的胎兒，匯聚在耳鳴中，以便

物，膨脹，排他，又被眼睛切分成

原子，夸克和無窮盡？

以便這一幕本身
也演變成一個細胞，地球似的細胞，
搏動在那冥冥浩渺者的顯微鏡下：一個
母性的，濕膩的，被分泌的「O」；以便
室內滿是星期三。
眼睛，脫離幻境，掠過桌面的金魚缸
和燈影下暴君模樣的套層玩偶，嵌入
夜之闌珊。

3

夜裡的中午，春風猝起。我祖母
走在回居民點的路上，籃子裡滿是青菜和蛋。
四周，吊車鶴立。忍著嬉笑的小偷翻窗而入，
去偷她的桃木匣子；他闖禍，以便與我們
對稱成三個點，協調在某個突破之中。
圓。

在森林中

1

幾件你拖欠的事情，

烏雲般把你叫到小山頂。

落葉的滑翔機，

遠處幾個跳傘的小問號蠕嫋地落進

風景的瓶頸裡。天氣中似乎有誰在演算

一道數學題。

你焦灼。

鐘聲，鐘聲把一件無頭的金鎧甲

拋到森林的深處。那兒，霧

在秋風的邊角運轉著，啟動

一個擱置的圖像，

一個狀如鬧鐘內部的溫暖機房。

那兒，你走動。

2

你走動，似乎森林不在森林中。

松鼠如一個急迫的越洋電話劈開林徑。

聽著：出事了。

天空浮滿故障，

一個廣場倒扣了過來。

你掛下話筒，身上盡是楓葉。

蘑菇，把古銅色的螺釘擰得更緊———

使一家磁器店嵌入蔥翠的自由大街，

使那些替死亡當偵探的影子

尾隨進來。

他們瞥了瞥發票上的零，

身子分成好幾瓣踅出玻璃旋門。

他們向右拐，指了指

對岸的森林。

迷離的蝴蝶效應。

正午，流水吹著笛子。

磁器皎潔的表情，多姿的芭蕾舞。

它們說：砸吧。我們什麼也不說。

3

你狂暴地走動。

那發票就攥在你手中，

你想去取回你那被典押的影子。

森林轉暗，雨滴敲擊著密葉的鍵盤，

你迷失。而

希望，總在左邊。向左，

那兒，路標上一個啞默的抽象人

朝你點了點頭；

綠，守候在樹身裡如母親，

輕脆地擰著精確的齒條。

幾隻啄木鳥，邊說邊做，

一圈圈聲波在時光中蕩漾。

幾隻啄木鳥，充盈了整座森林，和

星期一。

4

一圈空地。

長跑者停在那兒修理他呼吸的器械。

他的乾渴開放出滿樹的紅蘋果，

飄香升入金鐘塔，歸還或斷送現實。

他因乾渴而深感孤獨。他低頭琢磨

他暖和的掌心：它彷彿是個火車站，

人聲鼎沸。一群去郊遊的孩子潑下幾綹

繽紛的水柱。

光，派出一個酷似扳道工的影子站在岔道口。

他覺得他第一次從宇宙獲得了雙手，和

暴力。

1996.11，圖賓根

西湖夢

夜半,神仙喝斥著東邊的小白駒。

一片茶葉在跳傘,染綠這杯水的肉身。

都舉著靴子,人們騎在這星球上說謊。

從更高處看,西湖不過是一顆白塵。

美輪美奐,如果誰把這塵埃掏空又放大,

再倒進許多夢之綠。

西湖,三三亮亮的

邏輯從景點走了出來,像找回的零錢。

這不是真的。

而在你的城市定居的人,圍攏你

像圍攏一餐火鍋。一條鯉魚躍起,

給自己添一些醋。官員在風中,

響亮地抽著誰的耳光。

這也不是真的:

如果一滴淚嘔吐出一大把魚刺。

淚的分幣花光了,而淚之外竟有一個

像那個西湖一樣熱淚盈眶的西湖,

黎明般將你旋轉起來。

雲（組詩）

1

當我，頭顱盛滿蔚藍的蘑菇，
瞭望著善的行程，兒子，別說
雲裡有個父親，雲朵的幾隻梨兒
擺在碗中，這靜物的某一日。
我牽看你的手，把扛著梯子的
量杯伸出窗中，接住「喂」這個詞。
這是中午，或者說，
這是虛空，誰也拿它沒法。
這是你的生日；祈禱在碗邊
疊了只小船。我站在這兒，
而那俄底修斯還漂在海上。
在你身上，我繼續等著我。

2

一片葉。這宇宙的舌頭伸進
窗口，引來街尾的一片森林。
德國的晴天，羅可可的拱門，
你燕子似的元音貫穿它們。

你只要說出樹，樹就會
閃現在對面，無論你坐在哪兒。
但樹會憋住滿腔的綠意，
如果誰一邊站起，一邊說，
「多，就是少？來必如此。
我喜歡不多不少」。口吻慵倦。
這時，蟬的鎖攫住婉鳴的濃蔭，
如止痛片，淡忘之月懸在白晝。

3

這兒是哪？這是千里之外。
離哪兒最近？很難說——
也許，離遠方。咫尺之外，
遠方是不是一盒午餐肉罐頭，
打開嚷烏托邦？遠方是
旋渦的標本，有著筋香的僻靜，
也有點兒譏誚，因為太遠。
所以得迷上那隨意的警覺，
坐在這搖椅眺望。遠方是
工縣箱，被客人擱在臺階上，

一朵雲演出那遇刺的啞暴君
臉「啊」地一聲走漏了表情。

4

今天你兩歲；美人魚憑空躍起，
天上掌聲一片。而摩托顫嫋，
拐進世紀末。把騎的幻象怪獸般
剎到迷迭香前，你，小夥子
翻身而下，表情冷落。雲呀
遍地找著鞋子，弄堂晾滿西風。
百舌鳥換氣，再唱：「當你
把鑰匙反鎖在家裡，你也
反鎖了雨外看雨的你」。你，
繞著落地玻璃往室內張望：
鑰匙搖搖欲墜。你喊你的名字，
並看見自己朝自己走出來……

5

……幻景飄逝。桌面，料靈的遺址。
上面留了顆香橙糖，自虐的
甜蜜。瞧，窗外，地球在動呢。
地心下腳手架上，人存個各身——
那兒，那背上刺著「不」的人，
饕餮昏黑的引力，嘴角
流淌著事件：明天的播音員。
雲的雙乳稱著空想的重量，
當揉皺的一團紙，跪對著
花瓶的傲慢。詩歌看著它們
胡鬧了好幾天，便一走了之。
風的織布機，織著四周。

6

地平線上，護士們忙亂著。
瞧，我那祖父。他正彎腰
採草藥。烏雲把口袋翻出來，
紅豆，在離地三足高的祖國

時日般瀉下，吸住我父親，
使他右手脫臼，那天他比你
還小，望著高出他的我在
生氣。於是，他要當書法家
尊嚴從雲縫泄出金黃的暗語。
地平線上，護士們在撒手：
天上擔架飄呀飄。你祖父般
長大。你，妙手回春者啊！

7

你拾起小老虎，當現實的
老虎跳躍，叼來滿眼的圓滿。
那是雷電。說，雷電，是它叫
蘋果林中驚嘆號猿人般蹦竄
當撕毀了的東西升空，聚成
烏雲之魂，澆淋遍地的圖案，
未知的老虎跳躍，叼來野外；
薄荷味兒派出幾個郵遞員。

當母蛾背著異鄉陷落杯底，
孩子，活著就是去大鬧一場。
空間的老虎跳躍，飛翔，
使你午睡溢出無邊的寧靜。

8

今天你兩歲；你醒來時，
雷雨已耗盡了我心中的雲朵。
下午一道回光佇立，問：
「你是誰？」，而沒有哪種回答
不會留個影子。這是詩藝。
影子疊著影子使黑暗蠕動起來。
塵埃，銀河般聚成一股力，
寄身於這光柱，奔騰又攀談：
「別惹我。自強不息，我
象徵著什麼」，只因它不可見，
瞳孔深處才濺出出無窮無盡的藍，
那種讓消逝者鞠躬的藍。

1996，Zhang Deng zu seinem zweiten Geburtstag

悠
悠

頂樓，語音室。
秋天哐地一聲來臨，
清輝給四壁換上宇宙的新玻璃，
大夥兒戴好耳機，表情團結如玉。
懷孕的女老師也在聽。迷離聲音的
吉光片羽：
「晚報，晚報」，磁帶繞地球呼嘯快進。
緊張的單詞，不肯逝去，如街景和
噴泉，如幾個天外客站定在某邊緣，
撥弄著夕照，他們猛地瀉下一匹錦繡：
虛空少於一朵花！
她看了看四周的
新格局，每個人嘴裡都有一台織布機，
正喃喃講述同一個
好的故事。
每個人都沉浸在傾聽中，
每個人都裸著器官，工作著，
全不察覺。

1997

春秋來信

1

這個時辰的背面，才是我的家，
它在另一個城市裡掛起了白旗。
天還沒亮，睡眠的閘門放出幾輛
載重卡車，它們恐龍般在拐口
撕搶某件東西，本就沒有的東西。
我醒來。
身上一顆綠扣子滾落。

2

我們的綠扣子，永恆的小贅物。
雲朵，砌建著上海。
我心中一幅藍圖
正等著增磚添瓦。我挪向亮出，
那兒，鶴，閃現了一下。你的信
立在室中央一柱陽光中理著羽毛──
是的，無需特赦。得從小白菜裡，
從豌豆苗和冬瓜，找出那一個理解來，

來關掉肥胖和機器──

我深深地

被你身上的矛盾吸引，移到窗前。

四月如此清澈，好似烈酒的反光，

街景顫抖著組合成深奧的比例。

是的，我喊不醒現實。而你的聲音

追上我的目力所及：「我，

就是你呀！我也漂在這個時辰裡。

工地上就要爆破了，我在我這邊

鳴這面鑼示警。遊過來呀，

接住這面鑼，它就是你錯過了的一切。」

3

我拾起地上的綠扣子，吹了吹。

開始忙我的事兒。

靜的時候，

窗下經過的郵差以為我是我的肖像；

有時我趴在桌面昏昏欲睡，

雙手伸進空間，像伸進一副鐐銬，
哪兒，哪兒，是我們的精確呀？
……綠釦子。

1997，贈臧棣

瞧，弟弟，這些空瓶子……

邁阿密——我倆都不在那裡，
但一瓶XO酒
卻叫我倆在景點中晃蕩。那裡，
棕櫚樹的肌肉隆起。你，掙脫了五花大綁，
舔著流到手腕背的冰淇淋，破啼而笑。
古怪的句法，騎著出租車內冷氣的憂鬱
勾幻出一股令人下墜的異香：「每天，
天上像是有一個籃球場似的。」我想像你
飛躍，投籃。「但囚禁我的空間，
卻越縮越小，最後小得不比一個硬幣大。」
你比畫著，彷彿髒，鹹，鐵窗和
刷得墨綠的牆，就潛伏在人體的關節裡。
電，就那麼一點點；到處都漏電。蝴蝶
管制那麼幾瓦電，抖擻在標語上。「每天，
我夢見甜，可口可樂的那種甜。」
悶雷
響著，大海冒青煙，龍捲風豎起它的
迷光的廊柱，那裡，摩天樓如鹿群的蹄驚跑，
那裡，我醉臥在空空的籃球場，夢見

監獄碎了，你醒在一個管理員似的且比未來

更耐久的，空瓶子邊，對著現實發呆。

邊緣

像只西紅柿躲在秤的邊上，他總是

躺著。有什麼閃過，警告或燕子，但他

一動不動，守在小東西的旁邊。秒針移到

十點整，鬧鐘便邈然離去了；一支煙

也走了，攜著幾副變了形的藍色手拷。

他的眼鏡，雲，德國鎖。總之，沒走的

都走了。

空，變大。他隔得更遠，但總在

某個邊緣：齒輪的邊上，水的邊上，他自個兒的

邊之。他時不時望著天，食指向上，

練著細瘦而譫狂的書法：「回來」！

果真，那些走了樣的都又返回了原樣：

新區的窗滿是晚風，月亮釀著一大桶金啤酒；

秤，猛地傾斜，那兒，無限，

像一頭息怒的獅子

臥到這只西紅林的身邊。

大地之歌

1

逆著鶴的方向飛，當十幾架美軍隱形轟炸機
偷偷潛回赤道上的母艦，有人
心如暮鼓。
而你呢，你枯坐在這片林子裡想了
一整天，你要試試心的浩渺到底有無極限。
你邊想邊把手伸進內褲，當一聲細軟的口音說：
「如果沒有耐心，儂就會失去上海」。
你在這一萬多公里外想著它電信局的中心機房，
和落在瓷磚地上的幾顆話梅核兒。
那些
通宵達旦的東西，剎不住的東西；一滴飲水
和它不肯屈服於化合物的上億個細菌。
你越想就越焦慮，因為你不能禁止你愛人的
詠歎調這天果真脫穎而出，謝幕後很乾渴，
那些有助於破除窒息的東西；那些空洞如藍圖
又使鄰居圍攏一瓶酒的東西；那些曲曲折折
但最終是好的東西；使秤翹向斤斤計較又
忠實於盈滿的東西；使地鐵準時發自真實並
讓憂鬱症免費乘坐三周的東西；

那會是什麼呢？

誘人如一盤韭黃炒鱔絲：那是否就是大地之歌？

2

人是戲劇，人不是單個。

有什麼總在穿插，聯結，總想戳破空虛，並且

彷彿在人之外，渺不可見，像

鶴……

3

你不是馬勒，但馬勒有一次也捂著胃疼，守在

角落。你不是馬勒，卻生活在他虛擬的未來之中，

迷離地忍著，

馬勒說：這兒用五聲音階是合理的，關鍵得加弱音器，

關鍵是得讓它聽上去就像來自某個未知界的

微弱的序曲。錯，不要緊，因為完美也會含帶

另一個問題，

一位女伯爵翹起小姆指說他太長，

馬勒說：不，不長。

4

此刻早已是未來。

但有些人總是遲了七個小時，

他們對大提琴與晾滿弄堂衣裳的呼應

竟一無所知。

那些生活在凌亂皮膚裡的人；

摩天樓裡

那些貓著腰修一台傳真機，以為只是哪個小部件

出了毛病的人，（他們看不見那故障之鶴，正

屏息斂氣，口銜一頁圖解，躡立在周圍）；

那些偷稅漏稅還向他們的小女兒炫耀的人；

那些因搞不到假公章而煽自己耳光的人；

那些從不看足球賽又蔑視接吻的人；

那些把詩寫得跟報紙一模一樣的人，並咬定

那才是真實，咬定諷刺就是諷刺別人

而不是抓自己開心，因而抱緊一種傾斜，

幾張嘴湊到一起就說同行壞話的人；

那些決不相信三只茶壺沒裝水也盛著空之飽滿的人，

也看不出室內的空間不管如何擺設也

去不掉一個隱藏著的蠕動的疑問號；

那些從不讚美的人，從不寬宏的人，從不發難的人；
那些對雲朵模特兒的扭傷漠不關心的人；
那些一輩子沒說過也沒喊過「特赦」這個詞的人；
那些否認對話是為孩子和環境種植綠樹的人；
他們同樣都不相信：這只笛子，這只給全城血庫
供電的笛子，它就是未來的關鍵。
一切都得仰仗它。

5

鶴之眼：裡面儲有了多少張有待沖洗的底片啊！

6

如何重建我們的大上海，這是一個大難題：
首先，我們得仰仗一個幻覺，使我們能盯著
某個深奧細看而不致暈眩，並看見一片葉
（鈴鼓伴奏了一會兒），它的脈絡
呈現出最優化的公路網，四通八達；
我們得相信一瓶牛奶送上門就是一瓶牛奶而不是
　　別的；

我們得有一個電話號碼，能遏止哭泣；

我們得有一個派出所，去領會我們被反綁的自己；

我們得學會笑，當一大一小兩隻西紅柿上街玩，

大的對小的說：Catch-up！」；

我們得發誓不偷書，不穿鱷魚皮鞋，不買可樂；

我們得發明寬敞，雙面的清潔和多向度的

透明，一如鶴的內心；

是呀，我們得仰仗每一台吊車，它恐龍般的

骨節愛我們而不會讓我們的害怕像

失手的號音那樣滑溜在頭皮之上；

如果一班人開會學文件，戒備森嚴，門窗緊閉，

我們得知道他們究竟說了我們什麼；

我們得有一個「不」的按鈕，裝在傘把上；

我們得有一部好法典，像

田納西的山頂上有一只甕；

而這一切，

這一切，正如馬勒說的，還遠遠不夠，

還不足以保證南京路不迸出軌道，不足以阻止

我們看著看著電扇旋閃一下子忘了

自己的姓名，坐著呆想了好幾秒，比

文明還長的好幾秒，直到中午和街景，隔壁

保姆的安徽口音，放大的米粒，潔水器，

小學生的廣播操，剎車，蝴蝶，突然

歸還原位：一切都似乎既在這兒。

又在

飛啊。

鶴，

不只是這與那，而是

一切跟一切都相關；

三度音程擺動的音型。雙簧管執拗地導入新動機。

馬勒又說，是的，黃浦公園也是一種真實，

但沒有幻覺的對位法我們就不能把握它。

我們得堅持在它正對著

浦東電視塔的景點上，為你愛人塑一座雕像：

她失去的左乳，用一隻鬧鐘來接替，她

驕傲而高聳，洋溢著補天的意態。

指針永遠下崗在12:21，

這沸騰的一秒，她低回詠歎：我

滿懷渴望，因為人映照著人，沒有陌生人；

人人都用手撥動著地球；

這一秒，

至少這一秒，我每天都有一次堅守了正確

並且警示：

仍有一種至高無上……

1999，贈東東

到江南去

我們相隔萬里正談著虎骨，肥皂劇，樟樹

和琴，忽然電話噶地一串響，像是

衛星掉落了：漆黑。你丟失在你正在的地方。

話筒彷彿憋著監聽者帶酒氣的屏息，

和嘩啦啦的翻紙聲，若有若無的渾沌，或

大水，它正烏雲滾滾地倒映在碎玻璃之上；

窗：有個胖姨在朝天喊誰下來搬煤氣罐。

你會在哪兒呢，這一眼，是否荒蠻果真

重臨？

你，奧爾弗斯主義者，你還會

返回嗎？線路，這冷卻的走廊，讓通著，

我不禁迎了上去：對，到江南去！我看見

那盡頭外亮出十里荷花，南風折疊，它

像一個道理，在阡陌上蹦著，向前撲著，

又變成一件鼓滿的、沒有腦袋的白背心，

時而被絆在野渡邊的一個髮廊外，時而

急走，時而狂暴地抱住那奔進城的火車頭

尋找幸福，用虛無的四肢。

到江南去！

解開人身上多年來的死結：比如，對一碗

藕粉之甜不恰當的態度，對某個細節的爭議，

對一個籃球場的曲解：它就在報社的對面，
那兒，夕照鋪了成噸厚的紅地毯，它多想
善待你啊；那兒，你忘了你的白背心和
眼睛：大地的籃球場，比天堂更陌生！

1999，贈鐘鳴，liebem Freund der vielen Fernen

世
界

這個世界裡還呈現另一個世界
一個跟這個世界一模一樣的
世界——不不，不是另一個而是
同一個。是一個同時也是兩個
世界。
因而我信賴那看不見的一切。
夜已深，我坐在封閉的機場，
往你沒有的杯中
傾倒烈酒。
沒有的燕子的臉。
正因為你戴著別人的
戒指，
我們才得以如此親近。

第二個回合

這個星期有八天，

體育館裡

空無一人；但為何掌聲四起？

我手裡只有一隻紅蘋果。

孤獨；

但紅蘋果裡還有

一個鍛煉者：雄辯的血，

對人的體面不斷的修改，

對模仿的蔑視。

長跑，心跳，

為了新的替身，

為了最終的差異。

鑽牆者和極端的傾聽之歌

鑽機的狂飆，啟動新世紀的重逢姿態，
在牆的另一邊：
嗚，嗷，嗚嗷！
陣痛橫溢桌面，退閃，直到它的細胞
被瓦解，被洞穿，被逼迫聚成窗外
浮雲般的渙散的暗淡。你試圖確定
鑽點在何處。在牆的右上額，不，在
左邊偏中的某一點上。不，整個牆
在哆嗦迸裂，追蹤的目光如兩隻蝙蝠
撞落到地面。
鑽牆者半跪著，頭戴
安全帽。他鑽入的那個確實的一點
變成牆的另一面的
猜疑，殘碎，絕望，和
凌亂的腥風。工具箱在膝蓋邊，
敞開著：
這些筋骨，意志，喧旋的欲望，使每個
方向都逆轉成某個前方。
機油的芬芳彷彿前方有個貝多芬。
鑽牆者半跪著，眼神繃緊──
莫非前方果真會有一個中心？

因而即使前方像鏡子，

也得置身其中？

他愛前方那肉感的羈絆。

他愛前方那含金的預言。

他愛虛隨著工具箱的那只黃鸝鳥，

伶俐而三維的活潑，

顫鳴婉啼，似乎仍有一個真實的外景，

有一個未經剪貼的現實，他愛

鑽頭逼完逆境之逆的那一瞬突然

陷入的虛幻，慌亂的餘力，

踏空的馬蹄，在

牆的另一面，那陰影擺設的峭壁上。

你

預感到一種來臨，雖然你不能確定那

突破點，在這邊牆上，你的內部。

是的——

浩茫襲上心頭。閉上眼。讓它進來，

帶著它的心臟，

一切異質的悖反的跳盪。

消化它。愛它。愛你恨的。

一切化合的，

錯的。騰空你的內部，搬遷同時代的

家具，設想這房間

在任何異地而因地制宜。

嗚，嗷，嗚嗷！

喧囂的粒子激盪，眼前

騰起一幅古戰爭的圖景，

鑲入一個憑虛而

變形的，嫋動的框架，逸散著，

飄逸著，使

室內諦聽的空間外延，唉，這麼多

男人必須嘶喊和倒斃，這麼多馬匹

只剩下身體的一小半，這麼多鷹鶯和

歷史得閃失：

這就是每克噪音內蘊的真諦。

「是你，既發明喧囂，又騎著喧囂來

救我？表像凹凸，零散，冷。」嗚嗷！

突然，靜寂——

鬧粒子中斷，落下。

喂，兄弟，我

在這兒。在塵埃的中心。

菊花在桌上。

一杯水，如儀典，握在你掌心。

你的那邊，秋陽瀉下一段錦繡，

換下窗簾。

工具箱邊的那隻黃鸝鳥

躍到你肩頭

水清澈無比，猶如第一次映照人像。

我聽見你在咬蘋果。

甜的細珠噴礴，又

繽紛地祝福般落下。喂，兄弟：

一切都會落入靜寂中，不，

落入空白中，像此刻。難道不是嗎？

喂！水晃了晃。空白圓滿，大而無外。

其內核有飽實之磁

歸納一切喧囂，項目和頭髮：落下，

回歸——

還原成窗外臨風詠望的蘋果林。

喂，monsemblable，我看不見你的臉，

但我

彷彿聽見了你的表情，

那是休息的表情，

紅潤的，好的。

清澈是空白的手套，

擺弄事物的方式。

我聽見你的自語

分叉成對白，像在跟誰爭辯。

而牆，只有

一個佈景，

一個不能成為其實物的稱謂。

你鑽找的中心，沒有。我們必須團結。

我拍打我的牆告訴你。

我聽見你在聽。

你關掉你衣裳兜裡的小收音機，

貝多芬的提琴曲戛然而止，

如梯子被抽走。

我聽見你換鑽頭，

它失手墜地，而空白

激昂地迴盪而四濺！

我聽見你換好了鑽頭，而危機

半含機遇，負面多神奇，我，幾乎是你——

嗚，嗷，嗚嗷！空白的

鑽機放歌：

喧囂只是靜寂的工裝褲，

一切合一又含眾多，
空白依託的形形色色，
以致我們被允許
望出窗口並且朗讀：
蘋果林就在外面，外面的裡面，
蘋果林確實在那兒，
源自空白，附麗於空白，
信賴它……

醉時歌

昨夜，當晚會向左嫋嫋漂移，酒
突然甜得鞠躬起來。音符的活蝦兒
從大提琴蹦遢出來，又「唰」地
立正在酒妙處，彷彿歡迎誰去革命，
有個胖子邊哭邊從西裝內兜掏出一掛鞭炮，
但沒有誰理他。唉，不要近得這麼遠，
七八個你不要把頭髮甩來甩去，
茶壺裡的解放區不要傾瀉，綻碎，
不要對我鞠躬，鹿在桌下呦鳴，
有個幹部模樣的人掂足，舉杯，用
零錢的口吻對外賓說：「吃雞吧」，
酒提前笑了。我繼續向左漂移，我
就是那個胖子？怎麼也點不亮那掛鞭炮
我的心在萬里外一間空電話亭吟唱，
是否有個刺客會如約而來？地球
露出了藍尾巴，只有一條濕膩的毛巾
遞了過來，一葉空舟自寒波間折回。
東倒西歪啊，讓我們從它身上
提煉出另一個東三省，一條高速路，
通向嫋娜多姿，通向七八個你，
你叫小翠，這會兒不見了，或許

正偎著石獅朝萬里外那電話亭撥手機，
（她的小愛人約好來那兒等電話，
但他沒來，她想像那著那邊的空幻）。
她回到這兒，四周正在崩潰，彷彿
對面滿是風信子。一個老混混晃過來，
與誰乾杯。性格從各人的手指尖
滴漏著，胖子的鞭炮還沒點燃，
有人把打火機奪了過去，「我心裡」
胖子嘔吐道：「清楚得很，不，朕」
胖子拍拍自己，「朕，心裡有數。」
刺客軟了下來。廳外，冰封鎖著消息。
「向左，向左」胖子把刺客扶進廁所。
刺客親了缺席一口，像親了親秦王。
秦王啊缺席如刺客。而我，像那
胖子，朝遍地的天意再三鞠躬；我或是
那醉漢，萬里外，碰巧在電話亭旁，
聽著鈴聲，蹀躞過來，卻落後於沉寂，
那醉漢等在那空電話亭邊，唱啊唱：
「遠方啊遠方，你有著本地的抽象！」

告別孤獨堡

1

上午，彷彿有一種櫻桃之遠；有

一杯涼水在口中微微發甜，

使人竟置身到他自身之外

電話鈴響了三下，又杳然中斷，

會是誰呢？

我忽然記起兩天前回這兒的夜路上，

我設想去電話亭給我的空房間撥電話：

假如真的我聽到我在那邊

對我說：「Hello？」

我的驚恐，是否會一窩蜂地鑽進聽筒？

2

你沒有來電話，而我

兩小時之後又將分身異地。

秋天正把它的帽子收進山那邊的箱子裡。

燕子，給言路鋪著電纜，彷彿

有一種羈絆最終能被俯瞰……

3

有一種怎樣的渺不可見

洩露在窗臺上，袖子邊：

有一種抵抗之力，用打火機

對空曠派出一隻狐狸，那

頡頏的瞬翼

使森林邊一台割草機猛省地跪向靜寂，

使睡衣在衣架上鼓起胸肌，它

登上預感

如登上去市中心的班車。

4

是呀，我們約好去沙漠，它是

綠的妝鏡，那兒，你會給它

帶來唯一的口紅，紙和衛生品；

但去那兒，我們得先等候在機場的咖啡亭。

是呀，櫻桃多遠。而咖啡，彷彿

知道你不會來而使過客顫抖。

咖啡推開一個紋身的幻象，空間彎曲，而

有一種對稱，

命令左中指衝刺般翹起：

「決不給納粹半點機會！」

父親

1962年，他不知道該怎麼辦。他，
還年輕，很理想，也蠻左的，卻戴著
右派的帽子。他在新疆餓得虛胖，
逃回到長沙老家。他祖母給他燉了一鍋
豬肚蘿蔔湯，裡邊還漂著幾粒紅棗兒。
室內燒了香，香裡有個向上的迷惘。
這一天，他真的是一籌莫展。
他想出門遛個彎兒，又不大想。
他盯著看不見的東西，哈哈大笑起來。
他祖母遞給他一支煙，他抽了，第一次。
他說，煙圈彌散著「咄咄怪事」這幾個字。
中午，他想去湘江邊的橘子洲頭坐一坐，
去練練笛子。
他走著走著又不想去了，
他沿著來路往回走，他突然覺得
總有兩個自己，
一個順著走，
一個反著走，
一個坐到一匹錦繡上吹歌，
而這一個，走在五一路，走在不可泯滅的
真實裡。

他想，現在好了，怎麼都行啊。

他停下。他轉身。他又朝橘子洲頭的方向走去。

他這一轉身，驚動了天邊的一只鬧鐘。

他這一轉身，搞亂了人間所有的節奏。

他這一轉身，一路奇妙，也

變成了我的父親。

枯坐

枯坐的時候，我想，那好吧，就讓我和我

像一對陌生人那樣搬到海南島

去住吧，去住到一個新奇的節奏裡——

那男的是體育老師，那女的很聰明，會炒股；

就讓我住到他們一起去買鍋碗瓢盆時

胯骨叮噹響的那個節奏裡。

在路邊攤，

那女的第一次舉起一個椰子，喝一種

說不出口的沁甜；那男的望著海，指了指

帶來陣雨的烏雲裡的一個熟人模樣，說：你看，

那像誰？那女的抬頭望，又驚疑地看了看

他。突然，他們倆捧腹大笑起來。

那女的後來總結說：

我們每天都隨便去個地方，去偷一個

驚嘆號，就這樣，我們熬過了危機。

贈Y, L

狂狷的一杯水

薄荷先生閉著眼，盤腿坐在角落。

雪飄下，一首詩已落成，

桌上的一杯水欲言又止。

他怕見這杯水過於四平八穩，

正如他怕見猥褻。

他愛滿滿的一杯——那正要

內溢四下，卻又，外面般

欲言又止，忍在杯口的水，忍著，

如一個異想，大而無外，

忍住它高明而無形的翅膀。

因此，薄荷先生決不會自外於自己，那

漫天大雪的自己，或自外於

被這藍色角落輕輕牽扯的

來世，它伺者般端著我們

如杯子，那裡面，水，總傾向於

多，總惶惑於少，而

這個少，這個少，這才是

我們唯一的溢滿塵世的美滿。

高窗

對面的高窗裡，畫眉鳥。
對面的隱秘裡，我看到了你。
對面的邈遠裡，或許你，是一個跟我
一模一樣的人。是呀，或許你
就是我。
你或許也看到我在擦拭一張碟片如深井眼裡的
白內障。是的，我在播放，但瞬刻間我又
退出了那部電影，虛空嘎地一響，畫眉鳥
一驚。我哆嗦在紅沙發上，
剝橙子。
我說，你在剝橙子呀，你說：
沒錯，我在剝橙子。我說：
瞧，世界又少了一顆橙子。
而你
把眉毛向北方揚起，把空衣架貼上玻璃窗，
把仙人掌挪到旋梯上拍照。
這時，長城外，
風少乍起。這時，
你和我
幾乎同時走到書桌前，擰亮燈，但

我們唯一的區別是：只有你，寫下了
這首詩。

太平洋上，小島國

是悠遠締造了這個島，還是
這個島洩露了悠遠？午睡者裸臥
沙灘，身姿勾喚出一個奔波的問號：
他大汗淋漓，想掙脫北京的擁堵。
而島上，正走著一位五光十色的
女酋長，慢鏡頭般走著，一邊走，還一邊
回望。她攜帶的悠遠，如肩上的鸚鵡。
她說，她在等她的靈魂趕上來呢。
那鸚鵡說，這就是她走路的習慣。

湘君

紐約的脆的薄荷味兒：我突然

想起長沙的一條飄飄的紅領巾。

但你說記不太清了。

我說，怎惡魔，你真忘了，八〇年你

你還替我改成了一條游泳褲呢。

你想了想，搖搖頭，說，真忘了。

然後你深深地向咖啡杯底張望。

不過，你臉色一亮，說，我還記得去游泳，

那時湘江的水真是清得鑽心。

「魚翔淺底」，我說。「嗯」，你說。

那時你有志氣，你又說，所以你帥，

所以你愛大吼出「臨風騁望」的模樣。

現在可真胖了，胖得……怎麼說呢，

胖得有點見死不救了。

我們隔著桌子，忍著遙遠。

哎，你說，你還記得

我們班的那個胖姐嗎？她死了，好像是

骨癌。誰？我問。你說，就是那個黑裡透紅的，

叫沈儀的？

你搖搖我的手臂，好像我是死者。

你著急地說，哎，你怎麼會想不起她呢？她還

教會你游蝶泳呢，你忘不了，她還三番五次
買「九嶷」牌香煙給你抽。
哪個胖姐？哪個？我在你臉上搜找著。
我印象裡怎麼完全沒有這個人呢？
我著急地問，我著急地望著
咖啡杯底那些迭起如歌的漩渦，
那些浩大煙波裡從善如流的死者。

2004

一個髮廊的內部或遠景

1

江南小鎮。悶熱就像烏托邦。
電扇吹得所有人的骨頭飄起來，
但誰也不許散架。小石橋上，
遊客三兩，點綴風景，其中一個
是從北方畏罪潛逃的稅務官。

2

我也是一個有好幾種化名的人，
正憋住暴笑，筷子伸向醉蝦。
空氣之空被旋攪得殘破不堪。
老闆的第六十四副面具開口了，
說的仍是一個啞謎：「乾淨，
我是它的奴隸，因為它是明擺著的，
因為它也是無止境的，
你得時刻跟在它後面收拾。」
一個女人插嘴說：「我們老闆
人好。一次我從樓上望去，

看見他醉了，跪在馬路中央，
他挽著袖子要把斑馬線捲回家來。」

3

我睡在涼席上卻醒在假石山邊。
蝴蝶攜著未來，卻重複明代的
某一天。這一天，你只要覺得
渾身不適，你就知道未來已來臨，
你只要覺得孤獨，你就該知道
一切全錯了，而且已無法更改。
無風之際只有風突然逆著流水
站起身來，像一個怒者，向前撲著，
撕著紙，當你的真名
如鳴蟬的急救車狂奔而來。

看不見的鴉片戰爭 ①

宮廷後院，一棵鐵樹開著花，但誰都只對皇上
談月牙兒。太監照常耳語，用漂亮的句法說
沒有的事。他最愛用「小雀兒」這個詞兒。
比如皇上問那守南疆炮臺的武將這陣子如何，
他答曰：「那小雀兒還行，不過……」，他
險些兒說了出來，要不是他偶而碰著褲兜裡的
玉環，這些天他都用長指甲在裡面把玩
這小禮品。

南風襲面，而雲朵不斷陳列著異像：
有時是個技工模樣的人，蹲著擺弄著什麼；
有時是一個大鬍子的半身像（有點像馬克思），
肅穆地飄過：
有時是一個聳肩攤手的女人，像在說：「啊，我？
我？我會在維多利亞時代撒這樣的謊？」
他琢磨望天的皇上是在看自己看到的東西還是
別的。是的。皇上在看一個小胖嬰孩，
咿咿呀呀地敲著奶瓶，他突然揚起眉，
櫻桃小口伶俐地說：
「來，叫我一聲親爹，我就把鬧鐘給你！」
有一瞬，皇上直伸開五指想抓住什麼，但他
轉眼又在龍椅睡了，睜著一隻眼，雙拳半墜：

這時，假如你碰巧從雲中
望下看，一定能證實大地滿是難言的圖案。

注釋：
①本詩是一組未完成的組詩的第一首，原稿中標有序號
「一」

燈籠鎮①

燈籠鎮，燈籠鎮

你，像最新的假消息

誰都不想要你

除非你自設一個雕像

（合唱）

假雕像，一座雕像

燈紅酒綠

（畫外聲）

擱在哪裡，擱在哪裡

老虎銜起了雕像

朝最後的林中逝去

雕像披著黃昏

像披著自己的肺腑

燈籠鎮，燈籠鎮，不想呼吸

2010.1.13，圖賓根

注釋：

① 《張棗的詩》（人民文學出版社），本詩為作者絕筆，因係仰臥病床寫就，許多字跡不甚清晰，這裡登載的，為作者幾位朋友與編輯根據字跡及相關信息整理的結果。

跋　詩人與母語

「詞語拋下我們不管」

——霍夫曼思塔：一封信

在我們承擔中國詩人這一稱號的時候，我們敢不敢去叩問這樣一個致命的問題：我們跟我們的母語到底在發生一種什麼樣的關係呢？這個問題在表面上會像一張簽證一樣將孤懸海外的詩人和孤注一擲留守在國內的詩人分隔開來，實際上卻將大家緊密地摟抱在一起。首先，母語是什麼？對我們而言，她是漢語。她是那個我們賴以生存和寫作，捧托起我們的內心獨白和靈魂交談的母語。她也就是那個在歷史上從未擺脫過政治暴力的重壓，備受意識形態的欺凌，懷舊、撒謊，孤立無援卻又美麗無比的漢語。從我們的生命啟程的那一瞬起，母語便將世界和事物的最初形態和方式顯現給我們，是的，強加給我們，讓我們在自由和鐐銬中各自奔赴自己的命運。但母語是我們的血液，我們寧肯死去也不肯換血。

母語在哪兒？她就在我們身上，她就是我們，是我們挑起事件的手指，是我們面臨世界的臉孔。對於個人而言，活著的母語從來就不是一個依附於某個地理環境的標誌，是附體於每個人的。而我們是每個人。我們漂流異鄉可能有五年了，十年了，百年了，或者我們今天才加入流浪的隊伍；或許我們仍滯

241

留在中國，在那個慣常被誤認作是母語的腹腔之中，那兒母語在日常的喧囂之中吞雲吐霧，或者在黃昏的廣曠中聲嘶力竭，在那兒，我們的心不同樣在流浪嗎？母語請求我們歌唱，而在那兒，不依舊是「無聲的中國」嗎？對於一個永為異鄉人的個人而言，母語是一支流浪的歌。她在我們心中。

「太初有言。」母語第一次逼視並喊出「山，水，鳥，人，神」的時候，古致翩翩，令人神往。詞與物欣然交融，呼聲中彼此相忘。真理同我們共同午睡。我們的神話以奇異的抒情方式開始：「天命玄鳥，降而生商」，通過這一短促、自信、精確並且餘音裊裊的口吻，我們那些早已失傳的諸神在陽光朗朗的匿名的自敘中同時向我們昭示了我們誕生的秘密，大地、糧食、祖先、君王與我們的生存關係，並承諾了「百祿是何」露珠般來自天空的祝福。我直覺地相信就是那被人為歷史隔離的神話閃電般的命名喚醒了我們的顯現，使我們和那些饋贈給我們的物的最初關係只是簡單而又純粹的詞化關係。換言之，詞即物，即人，即神，即詞本身。這便是存在本身的原本狀態。存在清脆的命名拋擲出存在諸物和宇宙圖景，哪兒沒有命名，那兒便是一片渾沌黑暗。為我們點亮世界的母語是我們生存的源泉。但母語在給我們足夠活下去的光亮的同時，也給了我們作為人的最危險本質——我們對我們自身的覺悟。

而在任何自覺發生之前，母語只可能以必然的匿名通過對外在物的命名而輝煌地舉行自指的慶典，在這裡，外在化的命名和自指性的命名是同一的，主體或客觀不成其對立。對任何匿名性詩行主觀化的別具用心的闡釋皆不能捕捉其「窈窕淑

女」的自在性和「宛在水中央」的遠逸性。而這二者屬性就是母語原初命名的關鍵屬性。雖然我們的母語在原初狀態以匿名方式命名這一事實被歷史操縱者置於曖昧不明之中，卻在陽光燦爛的古希臘，在人類的另一個母語中得到了證實。在那裡，匿名被轉喻成荷馬，一個盲歌者，一個完全無法把握世界表象的人，卻能侃談百工藝事，政術戰略和人神之交往。詩人只有開宗明義地籲請詩斯繆斯假道於自己才能舒展被歌吟的世界藍圖。而這一過程再次使他還原成匿名。

　　我們的自覺首先爆破的是匿名；我們破殼而出，與世界和母語構成對立面。表徵這個對立的不僅僅是詩人即歌者的抒情個性的確立，同時也有一個體現民族文化宿命的聽者即讀者巨人的出現。在古希臘，這個巨人是柏拉圖和亞里斯多德。他們的傾聽傾聽到了人神隔離的尾音，存在本身逃遁後留給萬物的空響；這個傾聽是一場追問。於是詩的模仿說誕生。模仿謀求超越表象的世界而指向一個理念的世界，一種卓然獨立於此種現實的另一種完美即絕對現實。於是，真正的現實只可能恆久地處於被尋找之中。寫作不是再現而是追尋現實，並要求替代現實。在這場純係形而上的追問中，詩歌依靠那不僅僅是修辭手法的象徵和暗喻的超度（Metaphoric transcendence）而搖身變成超級虛構。這虛構將雙手伸向另一種現實的太陽，人的生存便會因偶賜的光亮而頓顯意義。古希臘第一抒情高手品達（Prindar）寫道：

人曇花一現。他是什麼？
他不是什麼？人是
夢中之影；但當天帝撒下光明
照耀人之上空
生存便變得甜美如蜜。

　　但我們母語中第一個聽者的耳朵卻沒有朝向虛構。「詩三
百，一言以蔽之，思無邪」，孔子對遠古詩歌的闡釋一筆勾銷
了它的匿名性而使其獲得他本人意形態的簽名。詩歌變成堯舜
周道的直接傳聲筒進而建構了「超穩定性」封建中心話語的核
心。詩歌「興、觀、群、怨」，它化下刺上的社會功能和經驗
主義導向無法再使詩指向詩本身。「詩言志」要求詩人言君子
之志，言有德者之志，得符合「發乎情，止乎禮義」的公式，
以致使得詩人的前語言狀態通往作品之路成為一個固定的通
道，一個公開的秘密，而失去了純粹想像力的冒險。作品中的
「我」不是那「虛構的另一個」，經驗之我與抒情之我被混為
一談。讀者只有遵循「楚雲巫雨皆有托」的教條否則就無法辨
認文學信息。「興、比、賦」哭窮途而歸，事物原封未動，其
本身沒有得以超越。綴文者與觀文者就是這樣不動聲色地杜撰
了一個連環套從而形成正宗文學傳統。道家由於相信道無所不
在地潛存於現實界的萬事萬物中，便迎合了儒家杜絕另一種現
實的口味，從而無意中為封建詩教機制增添了潤滑油。甚至禪
宗，也由於其「不落言論詮」的實質而不能與中心話語形成對
抗。中國古典詩歌沒有尋找、追問現實，也沒有奔赴暗喻的超

度。我們的母語是失去了暗喻的母語，我們的民族是沒有暗喻的民族。沒有暗喻就不可能有真正的純文學。

　　五四白話文學運動的最深層動機是尋找暗喻。我們的母語被大換血，大病初癒後漸露生機：她開放，活潑，即可以回瞻過去吸取滋養，又能夠投身於日常口語和翻譯文學的撲面春風裡。她在結構上全力靠近西語，甚至詩的音樂性也具備了臨摹的可能：產生意義的不再是單音的字，而是單音或多音的詞。她形式上的開放以及意識形態的空虛使她與西方文藝復興以來的消極超驗思潮即所謂「世紀末的苦計」（魯迅語）一拍即合。深刻的文化差異被忽略，自信、多產、誤解、偏差共同推動新文學的大躍進。但是由於缺乏馬拉美將語言本體當作終極現實的專業寫作態度，由於不甘心扮演現代惡魔詩人（poète maudit）的角色，作家的創作主體便在社會現實的演變中逐漸讓位於作為經驗之我的知識分子社會良心、道德表率的正面形象。珍貴的邊緣地位被放棄，不可多得的天才和時代被浪費。而那個搶桃子的人，那個「在千萬個鑽石中總結了我們」的大師，竟是毛澤東，他集唯美，精美，頹廢，超現實和反諷之大成，將五四文學成就化入古典形式，獨自霸佔了文字與權力合璧的傳統夢想，使母語匍伏在學舌「到處鶯歌燕舞」的假、大、空之中動彈不得。

　　母語遞交給詩人的是什麼？是空白。誰勇於承認這個事實，誰就傾聽到了魯迅「當我沉默著的時候，我覺得充實；我將開口，同時感到空虛」的偉大控訴。今天，個人寫作的危機及發軔於母語本身深刻的危機。它將給詩人以前所未有的巨

大考驗，無情地分開「死者」與「生者」的行列：要麼卑顏屈膝，以通俗的流利和出口成章的雄辯繼續為官為話語添油加醋；要麼醉生夢死，以弱智的想像力為一個小氣、昏庸、虛無、燥動的時代留下可憐的註腳；要麼自命為新形式的饋贈者，卻呼嘯成群地彼此派生、舞弊，餵養，甘心做種族萎靡不振的創造性的殉葬品。但真正的詩人必須活下去。他荷戟獨往，舉步唯艱，是一個結結巴巴的追問者，顛覆者，是「黑暗中的演講者」（北島語）；他必須越過空白，走出零度，尋找母語，尋找那母語中的母語，在那裡「人類詩篇般棲居大地」。（荷爾德林）

今天詩人仍在期待什麼？一個聽者。如果歌者是馬，那麼聽者就是騎手。只有共同融入正午的奔跑，奔跑的含義才能抵達暗喻而呈現栩栩如生的形象。

也許，詩人不能改變生活，但詩人註定會改變母語，而被改變的母語永遠都在說：「你必須改變你的生活。」（里爾克）

語言文學類　PG1386　中國當代詩典　第二輯07

鏡中
——張棗詩選

作　　　者/張　棗
主　　　編/楊小濱
責任編輯/李冠慶
圖文排版/連婕妘
封面設計/蔡瑋筠

發 行 人/宋政坤
法律顧問/毛國樑　律師
出版發行/秀威資訊科技股份有限公司
　　　　　114台北市內湖區瑞光路76巷65號1樓
　　　　　電話：+886-2-2796-3638　傳真：+886-2-2796-1377
　　　　　http://www.showwe.com.tw
劃撥帳號/19563868　戶名：秀威資訊科技股份有限公司
　　　　　讀者服務信箱：service@showwe.com.tw
展售門市/國家書店（松江門市）
　　　　　104台北市中山區松江路209號1樓
　　　　　電話：+886-2-2518-0207　傳真：+886-2-2518-0778
網路訂購/秀威網路書店：http://www.bodbooks.com.tw
　　　　　國家網路書店：http://www.govbooks.com.tw

2015年10月　BOD一版
定價：310元
版權所有　翻印必究
本書如有缺頁、破損或裝訂錯誤，請寄回更換

國家圖書館出版品預行編目

鏡中：張棗詩選 / 張棗著. -- 一版. -- 臺北
  市 : 秀威資訊科技, 2015.10
    面；　公分. -- (語言文學類；PG1386)(中
國當代詩典. 第二輯；7)
    BOD版
    ISBN 978-986-326-340-1(平裝)

851.487   104010934

讀 者 回 函 卡

感謝您購買本書，為提升服務品質，請填妥以下資料，將讀者回函卡直接寄
回或傳真本公司，收到您的寶貴意見後，我們會收藏記錄及檢討，謝謝！
如您需要了解本公司最新出版書目、購書優惠或企劃活動，歡迎您上網查詢
或下載相關資料：http:// www.showwe.com.tw

您購買的書名：＿＿＿＿＿＿＿＿＿＿＿＿＿＿＿＿＿＿＿＿＿＿＿

出生日期：＿＿＿＿＿年＿＿＿＿＿月＿＿＿＿＿日

學歷：□高中 (含) 以下　　□大專　　□研究所 (含) 以上

職業：□製造業　□金融業　□資訊業　□軍警　□傳播業　□自由業
　　　□服務業　□公務員　□教職　　□學生　□家管　　□其它＿＿＿＿

購書地點：□網路書店　□實體書店　□書展　□郵購　□贈閱　□其他

您從何得知本書的消息？

　□網路書店　□實體書店　□網路搜尋　□電子報　□書訊　□雜誌

　□傳播媒體　□親友推薦　□網站推薦　□部落格　□其他＿＿＿＿＿＿

您對本書的評價：(請填代號　1.非常滿意　2.滿意　3.尚可　4.再改進)

　　封面設計＿＿＿　版面編排＿＿＿　內容＿＿＿　文／譯筆＿＿＿　價格＿＿＿

讀完書後您覺得：

　□很有收穫　□有收穫　□收穫不多　□沒收穫

對我們的建議：＿＿＿＿＿＿＿＿＿＿＿＿＿＿＿＿＿＿＿＿＿＿＿

＿＿＿＿＿＿＿＿＿＿＿＿＿＿＿＿＿＿＿＿＿＿＿＿＿＿＿＿＿＿＿＿

＿＿＿＿＿＿＿＿＿＿＿＿＿＿＿＿＿＿＿＿＿＿＿＿＿＿＿＿＿＿＿＿

＿＿＿＿＿＿＿＿＿＿＿＿＿＿＿＿＿＿＿＿＿＿＿＿＿＿＿＿＿＿＿＿

11466
台北市內湖區瑞光路 76 巷 65 號 1 樓

秀威資訊科技股份有限公司　　　收

BOD 數位出版事業部

....

（請沿線對折寄回，謝謝！）

姓　　名：＿＿＿＿＿＿＿＿＿＿　年齡：＿＿＿＿　性別：□女　□男

郵遞區號：□□□□□

地　　址：＿＿＿＿＿＿＿＿＿＿＿＿＿＿＿＿＿＿＿＿＿＿＿

聯絡電話：(日) ＿＿＿＿＿＿＿＿＿＿　(夜) ＿＿＿＿＿＿＿＿＿＿

E-mail：＿＿＿＿＿＿＿＿＿＿＿＿＿＿＿＿＿＿＿＿＿＿＿